奇諾の旅

—the Beautiful World—

XVIII

時雨沢 惠一
KEIICHI SIGSAWA

插畫●黑星紅白
ILLUSTRATION KOUHAKU KUROBOSHI

「牛之國」—Fountain—

奇諾與漢密斯不斷地奔馳在冷冷清清的荒野上，好不容易抵達的國家，卻淨是牛隻。

平坦的大地是一整片的牧草地，跟城牆外宛如截然不同的世界。

不曉得這兒的環境機制是怎麼回事，明明是冬天，卻有整片綠油油的青草，身上有著黑白斑紋的牛隻，自由自在地到處走動、吃草。

還有這也不曉得是怎麼回事，牛群時而聚集，排成一列，然後自動進入地底下的某個空間。

奇諾讓呼吸穩下來，並且定住搖晃的瞄準線。

啪咻！

裝上滅音器的「長笛」發出小聲的吼叫，緊接著空彈殼從右側，子彈從前方衝了出去。

正當空彈殼轉啊轉地迴旋在半空中飛舞時，只見速度比聲音還快的子彈——

「賓果！」

命中了那塊金屬板的中心，根本可說是正中紅心。在同一時間，漢密斯發出了開心的聲音。

大約過了零點六秒以後——

溫和又清脆的聲音，反彈至奇諾與漢密斯的耳裡。被子彈擊中的金屬，宛如吊鐘般發出聲響。

當拉長的聲音穿越他們並消失的下一個瞬間，連續的聲音從右從左、從前從後、從四面八方響了起來。重疊了一次又一次的聲音，像絲棉般地包覆奇諾與漢密斯且不斷地響著。

「什麼啊……？這是……？」

「是共鳴呢——看來在其他我們看不見的場所，也放置了許多一樣的板子喔。而能夠聽到最美的聲音的，就是這裡。」

聲音還在持續。奇諾把「長笛」的槍口朝向天空，一直聆聽直到聽不見最後微弱的聲音為止。

「天哪……好厲害喔。這樣的經驗還是頭一遭呢。」

「哎呀～真了不起耶～要不要再開一槍？」

奇諾笑著搖頭拒絕。

「不，不開了。還有，這次漢密斯你說對了。」

奇諾把彈匣從「長笛」拆下來，然後拉開槍栓取出膛室的子彈，再裝填回彈匣。然後——

「我記得是在這附近……」

「再稍微右邊一點喔——」

透過漢密斯的幫助，奇諾撿起可以再利用的空彈殼。

她把所有東西收回包包裡，重新戴上防風眼鏡，調整好帽子的角度。

「可是這到底是怎麼回事呢？」

「不曉得是怎麼回事呢～」

奇諾發動了漢密斯並往前進。他們回到最先看到的招牌前面，重新開始奔馳在道路上。

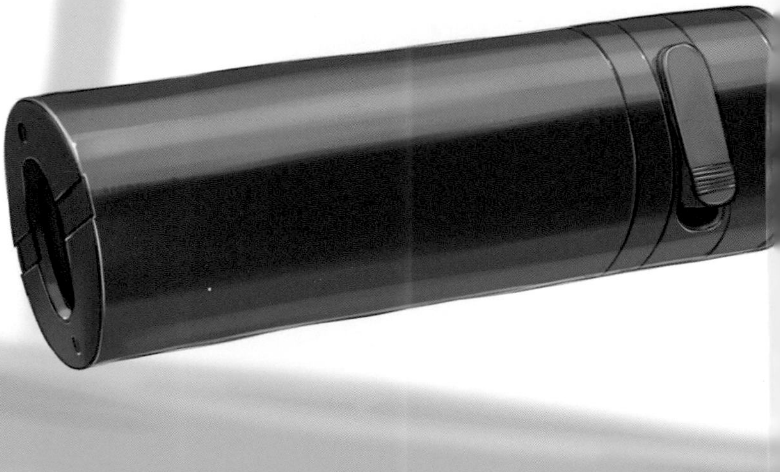

在旅行者離去的草原矗立著的高大樹木上，懸掛著一塊板子。

雖然受到子彈的撞擊卻沒有損傷或凹陷的板子背面，刻了三行非常非常小的文字。

『在一個冬天，餓死了四萬八千七百三十三人。』

『八百七十三人並沒有遺忘他們。』

『一個人，將敲響這個鐘。』

C O N T E N T S

我是不信任人類的人類。
—I Wish I Were a Bird.—

奇諾の旅

——the Beautiful World——

XVIII

時雨沢 惠一
KEIICHI SIGSAWA

插畫●黑星紅白
ILLUSTRATION KOUHAKU KUROBOSHI

序幕

「奇諾の旅之國・b」

—Road Show・b—

序幕「奇諾の旅之國・b」
——Road Show・b——

然後——

戰鬥，結束了。

「想不到是全軍覆沒，妳真的毫不留情呢！奇諾。」

倒在左側的漢密斯，微微顫抖地說道。

然後，開始從倒下的地方立起來。塵土從他的龍頭掉落，他慢慢離開地面。

當漢密斯完全立了起來，已經發動好自己的引擎了。排氣管發出轟隆隆的聲響，然後在無人騎乘的情況下慢慢往前進。

在漢密斯前往的目的地是，距離五十公尺遠的位置——

「傷腦筋，已經結束了呀！」

穿著到處磨破的牛仔褲，白色T恤因塵土與汗水而變得有點髒的奇諾，背對著他站了起來。

「真是的，實在不夠勁呢！」

她的身形高挑，腰又細。聳著肩伸向天空的手臂，彷彿在炫耀自己結實的肌肉。

「子彈還有呢！」

似乎覺得無趣的奇諾一邊這麼說，一邊把點四五口徑的自動式說服者收進右腿的槍套。強化塑膠製的黑色槍套，微微發出悅耳的聲音並鎖上，把說服者穩穩地撐住。

那裡是荒廢城鎮的大馬路，當場會動的，就只有奇諾與漢密斯。

而寬廣十字路上，充斥著許多跟說服者一起躺在地上，模樣骯髒的男性屍骸。所有人的頭顱或身體都被轟出點四五口徑大的洞，血液滲進了龜裂的柏油路裡。

他們全躺臥著。有些人，露出無法相信自己就快死去的表情。有些人，露出後悔自己與惡魔對峙的表情。還有些人，露出無法勝過即將降臨的死亡恐懼，像小孩般哭泣的表情。

接下來的他們，只能等著腐爛，再也無法改變自己的表情。

「一、二、三、四、五——呃——好多喔——」

「奇諾の旅之國·b」
—Road Show・b—

漢密斯戲謔地數著，然後一邊敏捷地閃躲屍體與血河，一邊靠近奇諾背後。

風吹了起來，奇諾長長的馬尾也隨之搖曳。

「好久沒這麼運動了，肚子開始餓了呢。還有——這風也有點冷呢……」

奇諾走近地上的男性屍體，狠狠地把他踢開。以男性來說身形偏瘦的這名男子，兩邊大腿都因為被子彈擊穿失血過多死亡。

奇諾揪住趴在地面的男子身上皮夾克的衣領。

「這我要了。」

她用力拉扯，夾克便從男子的身體滑了下來。

「啊，妳這是路劫嗎？」

「這話講得太難聽了吧，漢密斯。這叫做『有效利用』，畢竟死人已經不怕冷了。喔，這皮革很不錯呢。」

奇諾拍掉上面的沙塵，把那件夾克穿上。兩邊袖子的長度與衣長，彷彿事先量過似地非常合身。奇諾慢慢地把夾克的拉鍊往上拉。

「唔——」

她一邊發出不悅的聲音，停止了手的動作。

就在那個時候，漢密斯來到奇諾的旁邊。就在他兩個輪子停下來的同時，引擎也熄火了，緊接著側腳架「卡唰」地往左側降下。

漢密斯慢慢讓車體往左傾斜並靜止不動。

然後，看到這個景象。

那是奇諾從T恤上面炫耀其存在感的豐滿胸部，拒絕讓夾克的拉鍊繼續往上升的景象。

「哇哈哈哈！奇諾，不可能拉起來的啦！」

奇諾轉頭狠狠瞪了漢密斯一眼，馬尾也跟著甩動。

「不管妳怎麼瞪我，拉鍊拉不起來就是拉不起來啊。真不曉得妳是吃什麼食物，竟然能讓它變那麼大，真是的？」

「哼！它會變這麼大也非我所願啊！」

奇諾放棄把拉鍊拉上，反而粗暴地往下拉，只是把夾克披在身上而已。

廢墟的天空開始迎接黃昏，風中的奇諾與漢密斯，在淨是屍體的馬路上，悠哉地仰望天空。

「奇諾の旅之國・b」
—Road Show・b—

「妳這是為了殺戮而大開殺戒呢～奇諾。」

對漢密斯輕佻的言詞，奇諾聳了聳肩。

「要讓不肯停止戰鬥的對手乖乖聽話，只能夠予以殲滅了。這也是『交涉』的一種。我不過是善加運用，如此而已。」

「是沒錯啦。」

「如此一來，這國家的人們就能安心生活了。既然獲救的人數比殺掉的人數還多，那個人也會笑著原諒我的。不，是誇獎我。」

「而且妳殺多少人，還能拿到相對的報酬呢！」

「啊？是嗎？」

「哇！妳還裝蒜！這種事妳絕對不會忘記的——那麼，我們回去拿錢怎麼樣？一直待在這裡讓我冷汗直冒喔，奇諾。」

「好啊，回去吧。去看看大家安心的表情，那可是比任何事物更有療癒效果呢！」

「既然這樣，要拒絕收錢嗎？」

「別開玩笑了。」

奇諾走近漢密斯，打開後輪旁邊的箱子，拿出裡面的墨鏡並且戴上。然後迅速跨上漢密斯的座椅。把車體拉向右側，然後把側腳架往上踢。

漢密斯詢問了奇諾。

「妳累不累？妳大可以不用駕駛，儘管睡覺沒關係喔？」

奇諾隔著墨鏡輕輕微笑，那是猙獰的笑容。

「這點戰鬥算不了什麼！而且啊，我想感受你的震動喔，漢密斯。」

「嗯，知道了。妳就是那樣，難怪交不到男朋友喔，奇諾。」

「吵死了你！好了，我們走吧！」

奇諾用右手大姆指按下按鈕，發動引擎。轟隆隆的引擎聲，慢慢傳進那些屍體的耳裡。

「從以前我就一直這麼想，我覺得妳稍微修正那過於直白的語氣會比較好喔？最起碼，在男人面前。否則再這樣下去，奇諾會單身一輩子喔？」

聽著漢密斯的碎唸，奇諾啟動自動變速器的開關。

「我考慮考慮！」

「奇諾の旅之國·b」
—Road Show · b—

奇諾豪邁地踏下離合器，與漢密斯往前進。

此時在荒野奔馳的一輛摩托車，慢慢融入夕陽裡。

本領了得的淑女奇諾，與萬能的摩托車，漢密斯。

他們的旅行，還會繼續下去。

至於目的地——

沒錯，只有風知道。

第一話
「運動之國」
—Winners and Losers—

第二話「運動之國」

—Winners and Losers—

一輛摩托車（註：兩輪的車子，尤其是指不在天空飛行的交通工具）奔馳在險峻的山岳地帶的道路上。

這是在後輪兩側的黑色箱子上，裝了堅固的載貨架，上面還擺了包包，載滿許多旅行用品的摩托車。

那裡是極度險峻的山路，延著陡峭到無法生長樹木的山坡旁，連續的彎道延續著。

有些地方窄到勉強只能通過一輛車。要是對向有來車，根本就沒辦法會車。

而路肩的旁邊幾乎是垂直的山崖，直接通往谷底。而且距離水面相當遠，要是摔下去，鐵定會沒命呢。

在夏天早晨的晴空下——

「挺可怕的呢～」

「是很可怕～慢慢走，慢慢走。」

騎士與摩托車一邊如此對話，一邊以近乎人類行走的速度，小心翼翼地前進。

騎士是一名年輕人，大約是十五、六歲。

她戴著附有帽簷與耳罩的帽子，臉上則戴著防風眼鏡。

穿著黑色夾克的她，為了讓風吹進身體還刻意把衣領大大拉開。腰際則束著繫上許多小包包的粗皮帶。

至於右腿的位置，掛著放了說服者（註：說服者是槍械。這裡是指手槍）的槍套。裡面收納著大口徑的左輪手槍。腰後也有一把，看得出來這是小口徑的自動手槍。

「幸好是沒下雨的季節呢……」

小心翼翼動著摩托車龍頭的騎士說道。

這時候摩托車則說：

「天哪——若是雨季的話，妳應該不會走這麼險峻的山路吧？還不都是奇諾妳說：『就算無緣看見位於前方的國家，但是城牆沐浴在耀眼朝陽的英姿，還有城牆內那些人燦爛又開朗的笑容，都已經深深烙印在我的心眼裡揮之不去』。」
名叫奇諾的騎士則是毫不猶豫地回話：
「我哪有說那麼奇怪的話。還有——太長了。」
因為道路變得筆直，她稍微加快了速度。然後——
「再過沒多久，我們將越過山嶺，接下來是下坡。如此一來，應該就看得到盆地了。」
「到這裡的路途還真遙遠呢~我們也好久沒這麼辛苦越過山頭了。」
「一點也沒錯。聽說在遼闊的盆地不僅充滿綠意，也存在好幾個國家。因此停留的期間應該能悠哉度過。這些努力是有價值的喔，漢密斯。」
叫做漢密斯的摩托車則說：
「真是那樣就好了，搞不好那些國家正在互相殘殺喔？不是說國家密集，爭吵也不斷嗎？」
「或許吧，但或許並非那樣呢。」
「反正跟往常一樣，總之要親自到那兒看過，才知道究竟如何對吧，奇諾。」
「一點也沒錯。師父她常說：『一個國家要親眼看過才知道，就算看到了，也要經過思考才知道是什麼樣的國家。』」
奇諾與漢密斯一邊持續那樣的對話，一邊朝著山嶺慢慢爬坡。

當他們越過最後一座山嶺，已經過了中午。

巨大的盆地可以從位在絕佳位置的瞭望台一覽無遺。

那裡跟山岳地帶截然不同，閃著盎然的森林綠意。還看得見幾條小河、大小不一的湖泊等等。灰色的圓圈是國家的城牆，光是肉眼可見的範圍就有三個。

走完下坡道還需要半天的時間，因此奇諾與漢密斯抵達盆地邊緣的時候就地紮營。

奇諾在流水潺潺的河畔搭起帳篷。

「明天起就是一連串的國度觀光行程呢。」

「真教人期待呢~奇諾。」

這天他們就在這裡過夜。

隔天早上，奇諾與漢密斯奔馳在森林裡的某條小路，接著抵達最近的國家，也就是第一個國家。

衛兵持槍在城門站崗。身上的服裝，講好聽點是走復古風，講難聽點是很落伍。

「該不會這個國家的科技不是很發達吧？」

「或許吧，奇諾。」

「要是買不到燃料就傷腦筋了。」

「就是啊——」

奇諾與漢密斯慢慢走近，表明希望能發三天的停留許可給他們。

結果。

「是嗎，旅行者妳想周遊盆地諸國！這樣的話，妳來得正是時候呢！」

性情看似溫和的中年衛兵對他們那麼說。

奇諾詢問「那是什麼意思」，衛兵如此回答。

「這盆地諸國每四年一次的大戰爭就快要爆發了喔！而且是非常、非常激烈的戰鬥！」

奇諾與漢密斯按照預定在最初訪問的國家停留三天，然後，在短短半天的時間抵達的鄰國，又停留了三天。

每個國家的科技發展都很遲緩。但發電與抽水幸好都是使用發動機，所以總算買到了漢密斯的燃料。

然後——

「哎呀——你們來的時間點真是太棒了呢！」

「畢竟是四年一次嘛！」

「可說是奇蹟喔。」

「這場大戰爭，請你們拭目以待吧！」

在他們所到的國家，都聽到人們這麼說。

在其他兩個國家都各停留三天，出境後的奇諾與漢密斯——

遇見了其他的旅行者。

那是騎馬旅行的七名男性。年齡層從二十幾歲到四十幾歲，是很中規中矩的組織。

他們都有著強健的體魄，所有人都戴著寬帽簷的帽子，穿著牛仔褲以及皮製背心。至於武器，

「運動之國」
—Winners and Losers—

從奇諾的眼光看來都是些舊式的步槍、刀子與手斧等等。

「真叫人訝異耶～想不到有少年竟騎著那種鐵馬獨自在外面旅行。世界真是無奇不有呢。」

自稱是團長的四十幾歲鬍鬚男，如此評論奇諾與漢密斯。

然後他告訴奇諾與漢密斯，他們聽到有關這個盆地諸國的傳言，特地大老遠前來，看這些國家是否真的存在，而且是否能夠做生意。

今天他們從西側越過山脈抵達這座盆地。然後，才剛從野營地出發沒多久就遇見奇諾他們。

他們剛下山沒多久，也尚未進入任何國家。

「每個國家最近都很忙碌，或許不容易做生意。因為盆地內的五個國家將參加的『大戰爭』，後天就要展開了。」

奇諾如此告知他們。

「什麼——那到底是什麼意思？」

奇諾把自己得知的事情，一五一十地告訴臉色大變的團長與其他男子。

這盆地裡的五個國家——有史以來就一直不斷地發動戰爭。

有時候，因為異常缺水的現象互相爭奪水源，有時候則是互搶農地或森林資源。

有兩個國家雖然有諸多爭執，但有時候這兩個國家又會聯手襲擊其他國家。可是，其他三個國家會緊急結盟擊退對方。

後來那三個國家，若要說他們關係變好了，事實上並非如此，而是馬上翻臉，為了爭取哪個國家最活躍這件事，似乎還發動了戰爭。

據說那個時代的戰爭，是健壯的士兵們手持武器進行近身的肉搏戰。

但因為老是在戰爭，所有國家感到疲憊不堪，一個不小心很可能會造成兩敗俱傷，所以就開了理性的會議。

在那吵吵鬧鬧但仍持續進行的會議上——

「乾脆這樣吧，就用運動來決定如何？」

不曉得是因為感到厭煩，還是已經累了，其中某個人，或是某些人們，做出那樣的提議。

雖然大家沒要互相殘殺，但又說什麼也不肯和好，如果可以的話，還是希望大戰一場。每個國家的國民都抱持這種想法。

於是五個國家都贊成這個提案，決定用所有運動項目一決雌雄。

就這樣，眾人取得「國與國之間的爭議，用運動一決勝負」的共識，是在距今五十二年前的事。

當時是讓關係險惡的當事國以一對一的方式對決，不過到了大約四十年前，就演變成不如讓五個國家聚集一堂，舉行以「大戰爭」為名的運動會。

實驗性地嘗試後，想不到大受歡迎，加上除此之外的糾紛也平息了，因此決定每四年定期舉辦一次。

就這樣，現在是靠「大戰爭」比賽每個國家的優越地位。

一旦國家之間發生紛爭，如果不是什麼太離譜的犯罪行為，就以上一屆「大戰爭」名次較高者的意見為優先。若不順從還訴諸武力，當然就會變成跟其他三個國家為敵的狀況。

於是，那場「大戰爭」下一次舉辦的日期，也就是每四年舉辦一次的那一天，就在後天。

屆時位在盆地正中央，設立在最大湖泊旁邊的操場將當做會場，各國選手團及其支援人員，還有，雀屏中選的觀眾們將聚集於此，盛大舉行這場「大戰爭」。

奇諾與漢密斯也獲得特別許可，預定前往參觀——

因此沒讓他們入境，而是像這樣在此露營。

話聽到這裡，團長首先代表全部團員說出如此坦率的感想。

「怎麼會這樣……這幾個國家真讓人訝異啊……」

然後——

「對了，那麼他們到底決定了哪些運動項目呢？」

團長如此問道。

奇諾當然把自己所聽到的，照實告訴那群人。

比賽其實有十大項目。

若要問為什麼有這麼多種，那是因為每個國家都各有其擅長的運動。為了不讓單一國家持續占有優勢，因此在四十年前，他們做了這樣的決定。

「各國將提出一種各自最擅長、可能獲勝的運動項目。」

「然後在『大戰爭』舉辦前，再從除此之外的運動中，以抽籤的方式選出五種運動項目。」

「到時候各國擅長的五項運動，以及隨機選出的五項運動，合計十項運動的總分，將決定順位。」

四年一度的「大戰爭」就要舉行了。

本次邁入第十一屆的「大戰爭」，提議的比賽項目有以下五項——

「拔河」：雙方互相拉扯堅固的繩索。

「擲標槍」：比較擲出標槍的距離長短。

「馬術（障礙賽）」：比較騎馬越過欄桿的時間長短。

「射箭」：比較從各種距離射箭的命中率。

「長跑」：繞湖泊跑一圈，比較時間的長短。

然後是抽籤決定的以下五項——

「射飛標」：投射附有羽毛的小標具，比較精準度。

「游泳」：以湖泊為比賽場地，比較橫渡湖泊的時間長短。

「爬樹」：比較攀爬又高又直的樹木的時間長短。

「堆沙包」：扛著裝滿沙土的沉重袋子，比較搬運的時間長短。

「跳遠」：比較助跑後的跳躍距離長短。

所有項目都有男女代表選手出賽。

為了不讓某特定國家占有優勢，因此必要的評審團也從五個國家平均推派。

「原來如此……那麼，不曉得那場白癡鬧劇——不對，不曉得那場『運動會』我們是否也能觀賽呢？」

「不知道耶，因為我獲准可以觀賽，你們何不拜託看看呢？」

「原來如此。或許會很無聊，但搞不好會讓我們發現什麼提示，了解什麼商品適合在這裡販賣，原則上還是看看好了。」

幾天後，在特別設置的會場——

「唔喔喔喔！太棒了！用力拉啊啊啊啊！」

「上啊——！」
「就是那裡！穿過去！穿過去！」
「好極了！贏了！」
「可惡！——等著看吧！撐下去啊！」
「抱歉！接下來要賭什麼好呢？」
看到了那群男人非常興奮觀賽的身影。

然後，奇諾與漢密斯也在。
「哇——剛剛那個人真厲害！竟然能跳那麼遠的距離耶！」
「奇諾妳看！用繩索圈住樹幹的方式爬樹！奇諾妳也學一學吧！」
「那些人到底要跑到什麼時候啊？」
「瞧那個肌力！根本就不像是人類！」
雀躍不已的漢密斯，專心「觀看」大部分的競技。
從早上開始的競技極度白熱化，到了傍晚就全部結束。接著立即公布了統計的分數。

結果，奇諾唯一尚未造訪的國家獲得優勝，成為這場「大戰爭」的贏家。這國家擅長「長跑」與「游泳」這兩個項目，事實上，那兩項運動也都以最佳成績為國家拿下勝利。

其他國家的人們似乎感到非常懊悔，但也都坦率承認戰敗。儘管感到失望，卻也都帶著開開心心的表情返回各自的國家。

而奇諾與漢密斯則準備前往這次拿下優勝的國家。

至於對比賽樂在其中的那一團人，也基於「想看看該國的樣子」申請入境，跟隨著意氣風發歸國的選手團一起離開。

一進入那個國家，只見舉國歡騰，非常熱鬧。

到處都聽到人們開心歡呼，還開始舉辦「戰勝紀念」的遊行與慶典。儘管夜已深，眾人還是毫不在乎的歡鬧。

因為這件喜事，奇諾也得以享受到免費又豐盛的餐點。

「啊，這才是妳的目的啊——原來奇諾的好運就賭在沒訪問優勝國啊。」

漢密斯喃喃說道。

而那支旅行的團隊，也毫無顧慮地享受美酒與美食，還跟那國家的國民打成一片。

奇諾與團長，坐在賓客用的席位跟男嚮導一起用餐。

此時團長詢問了嚮導。

「你們的跑者跟泳將，速度真的好快，體能實在太驚人了。他們都隨時不停在練習嗎？」

與團長同年齡層的嚮導，得意洋洋地回答他：

「那是當然的！我國沒讓選手從事其他工作，讓他們專注在運動上。國家當然會編列預算，支付他們的生活與訓練費用。基本上國民是不能出城牆，但唯獨選手們例外，畢竟也有必須在國外進行訓練的狀況。因此從事體育活動的人口也隨之增加，光是被選為國家代表就是一件非常光榮的事情，所以許多國民都把目標放在那上面，晝夜不分地鍛鍊自己——」

「原來如此，原來如此。那麼，我還有一個問題。」

「請說，請說。」

「那場『大戰爭』——應該說，那場國際運動會，讓這個盆地內從此不再有戰爭，我覺得真的很了不起。我聽說，運動會的結果讓這五個國家再也沒有設置軍隊，那是真的嗎？讓我有點不敢置信呢……」

「沒錯！老實說，繼續保留不需要的東西是無意義的。當『大戰爭』一次又一次地舉辦，不光是我國，連其他國家的民眾都產生『啊啊，那些傢伙雖然很討厭，不過單靠體育進行競爭也未嘗不是件好事』的想法呢。各國的指導者也會聚在一起開會，然後年復一年，慢慢縮減軍隊。現在不管在哪個國家都沒有名為『軍隊』的組織，頂多只靠警察負責管理城牆而已。」

「你們這些國家太不可思議……我真的嚇到了……」

「怎麼樣？找到可以銷售的商品了嗎？」

對於嚮導的詢問，團長笑了一下。

「是啊，已經想到了喔！下次來的時候再帶過來。在那天到來以前，請你們拭目以待。」

到了深夜，雖然奇諾窩在旅館裡，但外頭歡樂的氣氛一直持續到早上。

二天後的早晨。

奇諾與漢密斯結束三天的入境旅程，離開了這個國家。

這一天的天空也非常晴朗，連一朵雲都沒有。

他們穿過城門，再次行駛在盆地中的道路上。這條路四處都有小河橫亙，上方也沒架橋樑。

渡河的時候，奇諾會脫下靴子、捲起衣襬，踩進河川確認其深度及河底的堅硬度。

「嗯，這種程度應該沒問題。可是，妳千萬別跌倒喔。」

「知道了。」

然後奇諾小心翼翼地騎著卸下所有行李的漢密斯渡河，再徒步搬運行李，然後堆上車。

他們一路上不斷重覆這個程序，悠哉地往盆地深處前進。已經過了中午，還差一點點就進入山路的時候。

「嗨～追上你們了。」

騎著馬的團長，從後方向奇諾跟漢密斯搭話。

「活的馬很好用喔，直接渡河都沒問題呢。」

聽到有些得意的團長這麼說，奇諾把漢密斯挪到窄路旁邊。

不過團長並沒有超越奇諾他們，反而這麼說：

「前方不遠處有一座湖，要不要在湖畔喝杯茶休息一下？」

有一座寧靜的湖泊，四周環繞著蒼鬱的森林。蔚藍的天空，清晰地倒映在湖面上。

奇諾與七名男子坐在湖畔，喝著自己泡的茶。

在多次的閒談中，男子們紛紛說出對「大戰爭」的感想。他們都開心地說「能看到如此罕見的活動，真的很幸運」。

漢密斯詢問那群男子宿醉的狀況。

「啊啊，經過了一天的時間，總算是沒事了。要不是因為宿醉，我們昨天就出發了。」

聽了團長的話，漢密斯輕輕地說：

「因為希望盡快派軍隊過來嘛。」

「果真如此啊……其實，那只是漢密斯的猜想而已。」

看到男子們全都怒形於色的模樣，奇諾語氣悠哉地這麼說。

表情有些抽搐的團長誇獎了漢密斯。

「敗給你了……真是令人傷腦筋的名偵探呢。馬兒太聰明會惹人討厭喔。」

「謝啦──」

「哈哈！不客氣──為了當做將來的參考，我想問你是怎麼發現到的？」

團長詢問了漢密斯，奇諾不發一語地邊喝茶邊聽他們的對話。

「這個嘛，從很多地方耶？」

「那我就洗耳恭聽囉。」

「首先，你們的眼神都太嚴肅。一般商人是不會有那種表情的。就算不知道你們背地裡在想些什麼，但待人處事都很和善喔。」

「嗯……其他呢？」

「應該是你們的體格，未免太過壯碩了吧？跟經過鍛鍊的運動選手或士兵沒兩樣，商人的肌肉沒像你們這麼發達。」

「這有參考的價值。」

「而且你們之中連一名女性也沒有，這有點怪怪的。旅行團隊之所以有女性加入，是為了緩和氣氛。當然就實質意義上來說，也是負責煮飯啦。不過，如果是指揮系統完備的軍人，整支隊伍都是男人也不錯。」

「嗯，還有呢？」

「嗯，最關鍵性的因素，就是大叔你們只入境一個國家，然後又像這樣迅速離開。如果是商人，即使可用的時間只有一點點，不管是用跑的，抑或是宿醉，也要把五個國家全部看過。畢竟每個國家的特色都不一樣，能販賣的商品也會隨之不同。更重要的是——」

「更重要的是什麼？」

「在那個國家搞不好有什麼可以收購的商品呢，如果是商人，絕對不會錯過那種機會喲。就這樣，證明完畢——」

「傷腦筋……真是敗給你了，看來我們還太嫩呢。」

團長用力地聳肩，然後——

「大家聽到了沒？下次要把他說的當做參考喔。」

六名男子都笑了起來。

接著，團長轉身面對奇諾與漢密斯，正大光明地說：

「沒錯。我們全都是某個國家的軍人，是偵察兵。我們一直在找這世上的某處，是否有『仁慈』的國家。打算從那兒要點『好處』。」

「你們根本就找錯獵物了吧？好好工作不就得了！」

漢密斯揶揄一下他們。

「這就是我們的『工作』。」

隊長揚起嘴角笑著回答。

然後。

「這盆地裡的國家，正是我們在找的獵物。只靠運動會來一決雌雄，就和樂融融地一起廢除軍隊？再怎麼白癡也該有個限度吧！覺得山區險峻，就以為不會有任何人越過山頭發動攻擊嗎？」

他輕鬆說出的這些話，連部下們都笑了。

「我們回到祖國後，將盡全力聚集兵力，再次越過山頭而來。行程雖然辛苦，不過既然已經知道對方手無寸鐵，想必士氣也會升高。」

「或許吧。」

喝完茶的奇諾說道。

其中一名男子看了看奇諾說：

「隊長！要怎麼處置這個小鬼？既然被他們知道我們的身分，是不是把他們當場幹掉比較好？」

其他三人也表示贊同似地慢慢站了起來。還有人伸手準備抽出腰際的斧頭。

隊長則是悠哉地坐著回答：

「住手。你們沒看到那小鬼腰際的掌中說服者嗎？」

「不過，我方人數可是壓倒性地有利耶！」

「話是沒錯，但如果為了殺一個人，讓對方拚命反擊，讓我方出現死傷的話，根本是徒勞無益之事。」

「可是，這傢伙搞不好會回去其中哪個國家，報告我們的事情呢！」

「為了什麼？」

「啥？」

「不會的——這種旅行者，不會做跟自己無關的事情。對於準備離開的國家，該國的人民會變得如何，根本就不會在意。」

隊長話一說完，男性部下們互看對方以後又慢慢坐了下來。

漢密斯倒是代替沉默不語的奇諾說話了。

「你挺了解的嘛。大叔們應該不要扮商人，扮演單純的流浪者才對。」

「下次我們會那麼做的。」

隊長一邊把杯子遞給部下，一邊站起身。然後——

「各位，休息時間結束了。快點趕回祖國報告好消息吧！」

全體迅速站起來，俐落地回以標準軍禮。

隊長以耐人尋味的眼神看著獨自悠哉休息的奇諾。

「再見了，酷酷的少年旅行者。」

他最後留下這句話，然後輕鬆地跳上自己的馬匹。

望著七匹馬載著主人離去的模樣——

「不說出來，真的沒關係嗎？奇諾。」

漢密斯詢問悠哉喝著第二杯茶的奇諾。

「不說。」

奇諾答道。

「漢密斯你應該也知道吧？跟自己的利益毫無關係的事情，我是不會做的。對於準備離開的國家，該國的人民會變得如何，根本就不關我的事。」

「傷腦筋。那麼，妳打算在這裡待多久？」

「這個嘛……」

奇諾的視線從茶杯改望向天空。她看著蔚藍的天空，回答漢密斯的問題。

「大概再喝兩杯茶的時間吧？」

「那樣就喝太多了啦，奇諾。乾脆睡個午覺怎麼樣？」

結果奇諾，在湖畔只多喝了一杯茶。

然後，她只是呆呆地望著湖畔，輕鬆的休息。

接著她慢慢地收拾茶杯，將篝火的灰燼處理乾淨，然後就騎著漢密斯繼續前進。

森林裡的道路，終於導向矗立在眼前的群山，慢慢地變成上坡道。

在穿過森林後，道路也正式進入山區的地方，也就是在盆地邊緣附近——

「啊，果然。」

「…………」

七個人都被殺了。

奇諾減慢漢密斯的速度，看著躺在地上的屍體。

第一具屍體，是在森林裡。

年輕男子被人從後方用箭射穿喉嚨。那一支箭從脊椎旁邊貫穿喉嚨，讓男子完全沒有機會發出哀號就失血而亡。

「好厲害的本事呢，奇諾。無聲無息地把後面的人殺死，不讓對方有機會進入警戒狀態。」

「是啊……是弓箭選手呢。」

奇諾繼續讓漢密斯緩緩前進。下一具屍體，是在道路上。

兩支粗大的標槍，從男子的背部貫穿出側腹，是漂亮的十字穿刺。

「嗯。這也是從後面攻擊呢。照這個角度來看，似乎是從相當遠的距離投擲的。」

「我當然知道，漢密斯。如果是標槍選手，這對他們來說是輕而易舉的吧。」

接下來的屍體，是在距離這裡不遠前的森林裡，兩具一起躺在地上。

他們兩人都是從頭頂遭到重擊，因為頭部完全破裂。沾了血跡跟腦漿碎片的岩石，滾落在附近不遠處。

「嗯，他們是被樹上丟下來的石頭砸死的。」

「是因為看到被標槍刺死的夥伴，嚇得想逃跑嗎……」

「這應該是那個吧，是爬樹選手。很可能他們碰巧就在樹上，但我覺得應該不是。」

「還是說看到他們逃過來，自己剛好爬上適合動手的樹木……呢？」

「對對對。如果是那些選手，要爬這種樹很快的。」

第五具屍體，浮在附近某處水池。

森林裡有一座大水池，屍體呈俯臥狀態漂在水面。一動也不動。

「看來他是被拖下水的呢，奇諾。」

「游泳選手早就埋伏在水池裡。他正好逃向這裡，就從水裡襲擊……」

「嗯，嗯。這應該很容易吧。」

第六具屍體被吊在森林裡。

身體中央纏繞著粗繩索，內臟因為被繩索勒緊而從破裂的腹部迸出。

繩索掛在粗樹枝上，屍體就懸掛在半空中。

「我猜這大概是，他騎馬逃來這裡的時候，被布署在這裡的繩索纏住。」

「真的好靈巧喔……然後，再用力一拉……」

「想必他死得很痛苦呢~」

但是最後一個人，隊長的屍體卻遍尋不著。

奇諾與漢密斯一邊找一邊緩慢前進。

「沒看到耶，奇諾。」

「的確沒看到。」
「該不會他運氣好，順利逃走了呢？」
「不，我不這麼認為。要是騎馬追的話，他鐵定逃不掉的。」
「對喔，以那個馬術的本事，應該是逃不掉。以下是題外話，被殺死的那些人的馬匹好像沒被殺死，而是直接被帶回去了。」
就這樣，奇諾他們終於通過森林，來到準備通往山岳地帶的坡道。
「找、找到了，奇諾。」
「…………」
他們找到了隊長的屍體。
他整個人倒栽蔥地倒在路旁，下半身被大量的岩石砸爛，幾乎已經看不出完整的形狀。然後兩隻眼睛，各插了三支飛標。
「嗯——好狠喔。照這模樣看來，應該是先毀了他的雙眼，再一邊拷問一邊往他身上堆疊一塊

又一塊的岩石。」

「是堆沙包選手……對吧？」

「或許是喔。還有，在各地布下天羅地網監視的，可能是長跑選手。如果是那些人，應該有辦法像傳信鴿那樣跑來報告吧。」

「唉～」

奇諾話一說完，便輕輕閉上眼睛。對隊長等七名男子輕聲默禱。

至於聰明的漢密斯，則是對已經聽不到任何聲音的隊長說這些話：

「大叔，其實你們應該要注意到才對。就是那些國家的人們，早就發現你們意圖的可能性。還有，不管是哪個國家，儘管心裡盤算著要對其他國家下手，如果有共同的外敵，眼前還是會優先選擇協力合作排除的。另外還有一點。」

結束默禱的奇諾，接著漢密斯的話繼續說：

「不管是哪個國家，通通都會鍛鍊運動選手，以便在緊急的時候可以組成精銳的戰鬥集團，是嗎……」

「這個嘛，就戰鬥的意義來說沒差多少，也算是一石二鳥的做法不是嗎？」

「的確沒錯……看來這處盆地，應該會一直維持這種狀態呢。」

「下次來的時候，不曉得是第幾屆的運動會呢？會有哪些競技項目被納入比賽呢？」

「不知道。那種事情，期待到時候揭曉吧——」

奇諾輕描淡寫地回答，環顧四周的她還冒出其他擔憂。

「只希望在那以前……這條路上不要被士兵的屍體填滿才好……」

「運動之國」
—Winners and Losers—

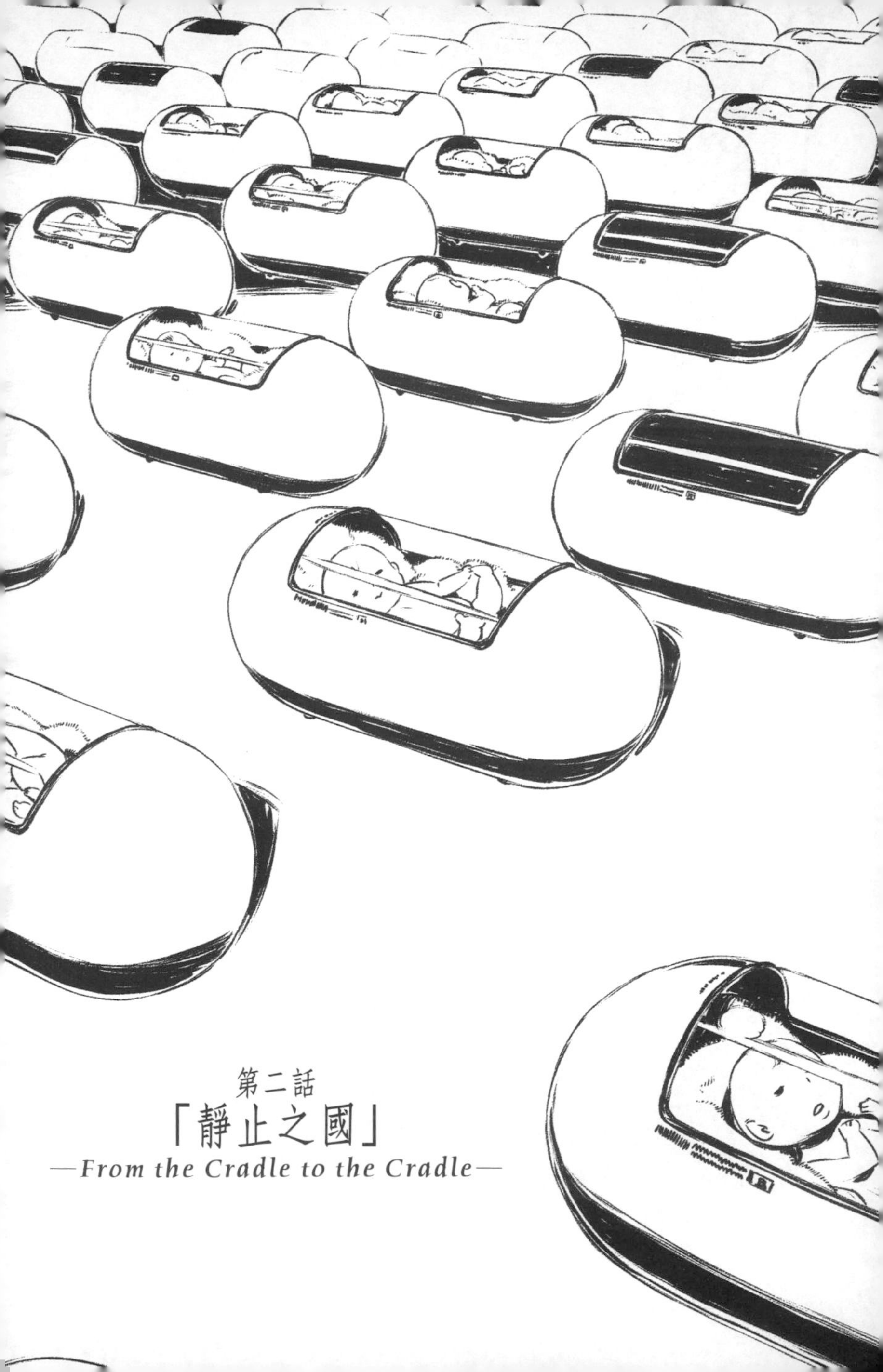

第二話
「靜止之國」
—From the Cradle to the Cradle—

第二話「靜止之國」
—From the Cradle to the Cradle—

一輛車奔馳在厚重雲層密布下的荒野。

天空是一整片的鐵灰色。因為沒有起風，雲層完全沒在流動。

那幅景象，彷彿整個世界被一個巨大屋頂覆蓋住似的。雖然完全看不出太陽的位置，但就時間來說還是上午。

地面露出堅硬又平坦的岩石，根本找不到一條像樣的道路。但反過來說，這裡也是任你隨意行駛的場所。

而現在，行駛在這個毫無綠意的世界裡的，是一輛非常小又破舊不堪的黃色車子。雖然看起來快要拋錨的樣子，但現在仍好好地奔馳著。

車上坐了兩名人類。

右側的駕駛座上，坐著一位個子有點矮但長相俊俏的年輕男子，單手握著細環方向盤。

而左側的副駕駛座上，則坐著擁有一頭烏黑長髮的妙齡女子。

然後，她用既不算嚴厲也不算溫柔，看不出她心裡在想些什麼的眼神，直盯著前進方向的地平線。

後座堆了滿滿的旅行用品。甚至還有飲用水跟燃料罐，也看得見幾挺說服者。

由於一路上沒有需要閃避的障礙物，年輕男子毫無緊張感地單手開車。

「嗯——現在說這個可能有點晚，但在這前方真的有國家嗎？師父。」

他一邊朝隔壁看了一眼，如此說道。

於是，被稱為師父的女子輕快地轉向男子，自信滿滿地回答：

「應該有吧。」

「什麼應該有，拜託……」

男子感到訝異不已。

「最後得到的情報是在一百年前，但一個國家應該沒那麼容易說遷移就遷移吧？」

「這個嘛，話是沒錯啦……最糟的狀況，若是留有廢墟也還是可以參觀的。倒是那個一百年前

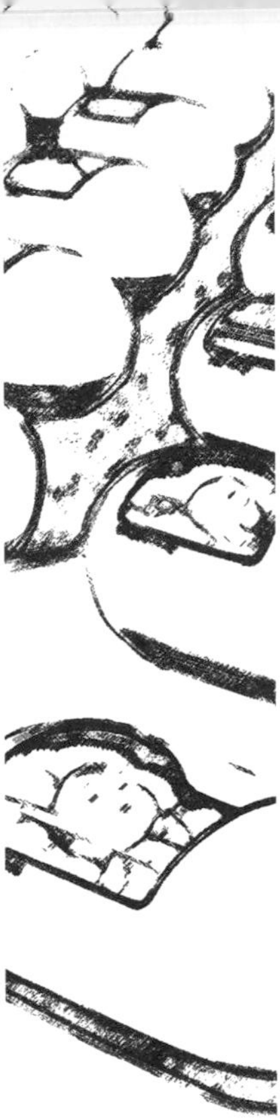

的情報，內容是什麼啊？」

「『據說有一個醫學突飛猛進的國家。因此人民生活起來非常容易，眾人似乎過得很幸福』。」

「——就這樣？」

「就這樣而已。」

「嗯——……」

男子念念有詞似的，隨後又朝著副駕駛座提問：

「這樣的話，假設那個國家還存在——不曉得現在變成什麼樣子了呢？該不會大家都沒有生病，還長命百歲，過著幸福的生活……？」

「好普通的想法喔。」

「很抱歉我的思考能力就是這麼貧瘠。師父妳覺得呢？」

「不知道，總之去了就知道囉。」

「這是妳的答案啊……」

正當男子的雙手放開方向盤，無奈地聳肩的時候，他看到地平線上有個小黑點。

那個黑點慢慢變大並變成一條線，最後變成向上聳立的城牆。

那個國家確實還存在。

跟現在的天空一樣是鐵灰色的城牆，有著大大的城門，不過當然是緊閉著。

兩名旅行者把車子停在與城門有點距離的地方，將步槍型的說服者留在車內，然後下車。

兩人手上雖然沒拿武器，但腰際都確實掛著槍套。

男子掛在左腰的，是細長型的自動式掌中說服者。女子的右腿上則掛著大口徑的左輪手槍。

在城門附近沒有守衛室，也沒看到衛兵的蹤影。

沒辦法，兩人只好慢慢走向城門。

「搞不好我們是睽違幾十年——不，是百年來的訪客。他們會盛大歡迎我們嗎？」

「不曉得。也可能為了把我們滅口，突然發動攻擊呢。」

「哇呀——請問，我可以先回故鄉嗎？事實上，我有件重要的編織物才織到一半。而且也得幫盆栽澆水，還有我想把玄關的電燈泡換一換。」

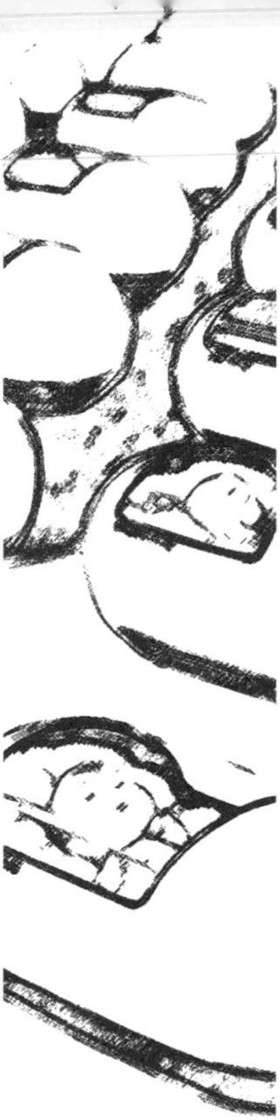

「好啊，請便。不過請記得把車子留下來。」
「師父妳好溫柔喔～」
一邊持續溫馨對話的兩人，這時候站在巨大的城門前。
就他們所見，城門本身並沒有任何破損，似乎還能夠操作。
「這就表示，這個國家還沒有毀滅對吧。」
對於男子說的這句話，女子不發一語地點頭回應。
「有人在嗎？我們是旅行者，不介意的話，請讓我們入境觀光——！」
就在男子語帶戲謔地這麼說的時候。
『歡迎光臨，旅行者。我國非常歡迎兩位的到來。現在就為兩位打開城門，還請稍待一會兒。』
有個彷彿是老管家，語調沉穩的男性聲音，傳進兩人耳裡。
接下來，巨大的城牆慢慢地，而且在幾乎沒發出聲音的情況下往上拉開。緊接著一陣風開始從國內往外吹。
從腳部到腹部觸碰到國內空氣的男旅行者說：

「不覺得有草的味道嗎？師父。」

「是啊。」

「還有動物的味道。」

「是啊。」

「這麼說的話……既然有動植物，就表示有人居住囉？」

「可能性很高。」

「那麼，這一百年來，到底發生了什麼事呢？也不曉得到底基於什麼理由，要斷絕跟其他國家的交流——」

「而且，也不知道他們這樣子迎接我們的理由為何。」

「真的好神祕喔～我倒是這麼認為，該不會把理由全告訴我們以後，就說『你們要留下來還是想死，自己選一個吧』，會不會變成那樣啊？」

「好普通的想法喔。」

「反正我說的話妳都不當一回事——可是，如果真的變成那樣，妳打算怎麼做？」
「到時候再說吧。」
「就知道妳會這麼說。」
兩人持續這充滿歡樂的對話之際，城門仍舊慢慢地拉開，最後到達一般人可通過的高度。
而兩名旅行者也慢慢看見國家內部的模樣。
那裡果然跟外面是截然不同的世界，有著遼闊的綠地。一整片細長的綠草，在平坦的大地搖曳著。
再仔細一看，有許多牛隻在那兒。身上有著黑白斑紋的牛隻，被放養在廣大的草原上，正悠哉地吃著草。
好了，城門已經打開了，卻沒看到半個人影。
儘管如此。
『兩位旅行者，請進入我國境內吧。我們會為你們舉辦「國內旅遊」。因為無法使用車輛，請你們以徒步的方式觀光。』
兩人清楚聽到的，就只有彬彬有禮的男性聲音。完全摸不清這到底是什麼情形。
「師父？」

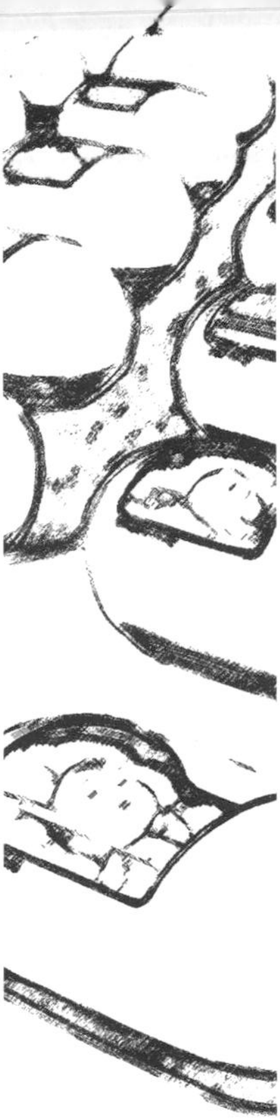

「也只有往前走了。」

女子率先往前走並穿過城門，男子則回頭看了一眼車子。

「只有往前走是嗎？一不做，二不休……」

然後就跟著女子後面追上去。

城門也開始慢慢關起來。

國內只有滿滿的綠意。

平坦的草原綿延不絕，只看得到牛隻跟綠草。看不到任何像住宅的建築物。

這裡是跟城牆外截然不同，非常適合野餐的地方。若非今天是陰天，心情上不知會有多舒暢呢。

而另一側的城牆雖然罩著薄霧，仍然隱約可見。因此可以了解這個國家並不是很大。

『歡迎光臨，兩位旅行者。請你們小心牛隻繼續往前走。』

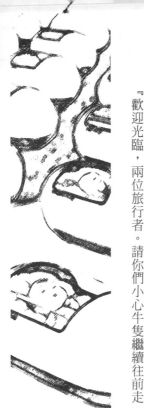

而那個像管家的聲音——

『請你們從那裡稍微往左前進。』

一直都聽得到，不過——

『再過不久即將抵達入口。』

完全分辨不出那聲音是從哪裡，又是如何傳來的。

儘管如此，兩名旅行者仍毫無畏懼，慢慢地在草原上前進。唯獨一件事，就是他們得一邊小心不要踩到落在四處的牛糞，一邊往前走。

不久後——

『那裡就是入口，兩位請進。』

兩人好不容易抵達「入口」。那是四周圍了低矮的鐵柵欄，通往地下的樓梯。樓梯及其四周是由石頭堆砌而成，而且長滿了青苔。

鐵柵欄處有一道牛隻打不開，但人類得以打開的門，於是兩人輕輕打開那道門，往地底下邁出步伐。

那石梯有些昏暗。

『請小心不要滑倒。要是有什麼閃失，我也沒辦法幫助你們。』

兩人照「管家」所說的，一邊十分注意腳下一邊往下走，不久後就看到發出白色光芒的出口，來到一個寬廣的空間。

等到眼睛習慣亮光，逐漸能夠辨識那空間的事物之後——

「咦……」

男旅行者訝異地說不出話來。

「…………」

女旅行者則是不發一語，她酷酷的臉微微地皺在一塊。

那裡是一個寬敞的空間。

雖然兩人不知道具體的數據，但舉例的話，應該有只靠腳運球進球門那種球場那麼大吧。

空間構造雖然不明，但整體發出均等光芒的天花板真的很高，是既莊嚴又寬敞的空間。而且，

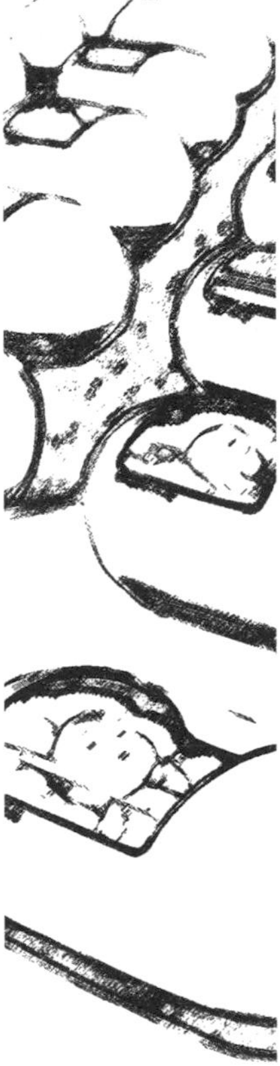

明明位於地下樓層，卻連一根柱子也沒有。
牆壁白得發亮，十分乾淨，連一點污漬都沒有。
然後，那裡排列了許多床鋪。
儘管說是床鋪，卻不是成人用的。大小差不多只有書桌那麼大，高度也只到膝蓋。換句話說，就是「嬰兒床」。
它的顏色當然也是白色。雖然看不出是什麼材質，但完全沒有接縫。簡直就像是從一個塊狀物切削出來的。
然後，雖然看不出是玻璃還是塑膠材質，有的呈現透明、有的則是帶點淡淡的顏色、還有漆黑色的蛋型防護罩，覆蓋在床鋪上面。
在這細長型的室內，每一行約有二十個。然後縱向地一直排到空間另一端。儘管看不出總共有多少個，但是一兩千個是跑不掉的吧。
「這、這裡是什麼地方啊……？」
男旅行者說道。
『這裡就是我國，全體國民生活的場所。』
管家如此回答。

『請兩位到床鋪旁邊仔細參觀吧。』

管家先生如此說道。

「那麼，恕我們打擾了……」

「…………」

兩人慢慢地走向前。然後，站在距離最近的床鋪旁邊，仔細觀望顏色有點深的防護罩內部。

「啊，果然是嬰兒。」

「…………」

呈現在兩人眼前的，是人類的嬰兒。

嬰兒獨自被包裹在似乎很柔軟的粉紅色布偶裝裡，躺在看似清潔的白色被單上，睡得非常香甜。

兩人再稍微往前進，看著隔壁的床鋪。

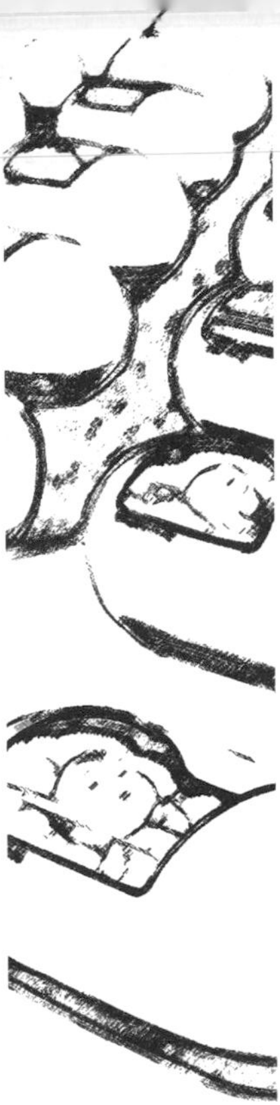

這床鋪上的防護罩是透明的。

躺在裡面的還是嬰兒，不過這孩子並沒有睡著。他含著奶瓶，喝著疑似牛奶的東西。而撐住那支奶瓶的，是從床鋪內部伸展出來，裝有手指的機器式金屬手臂。

兩人又繼續前進到隔壁的床鋪，剛好看到三支金屬手臂正靈巧地幫嬰兒換尿布。

至於更旁邊的床鋪，嬰兒正放聲大哭著。

只不過，不曉得是什麼樣的構造，這些床鋪的隔音都做得很完善，兩名旅行者完全聽不到嬰兒的哭聲。這時金屬手臂搖動會發出聲響的玩具，開始哄那個小孩。

在它旁邊的床鋪，防護罩是全黑的，因此無法窺視到裡面。

「也就是說……這些，全都是全自動育嬰床……？」

男子仰著頭說道。

『是的，正是類似你所說的那種東西。』

管家先生答道。

『一切都自動化，在完全不需仰賴人手的情況下，就能夠養育他們。』

「這麼說，這個國家的居民的嬰兒，都是在這裡成長的囉。」

『是的，一點也沒錯。』

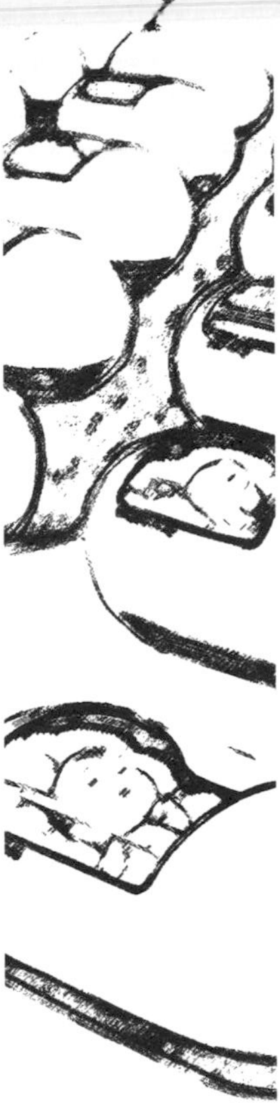

「那麼，當他們長大了，接下來會在什麼地方繼續成長呢？」

『在這裡。』

「什麼？」

『然後，他們再過不久也將死亡。』

「你說什麼？」

男子不斷歪著頭感到不解。

「那麼，可否請您告訴我們，到底是怎麼回事呢？」

在他旁邊的女旅行者說道。

『好的。雖然這故事說起來很長，還是請你們聽聽吧。』

站在嬰兒床行列之間的兩名旅行者，聆聽著管家先生的敘述。

『在我國，自古以來醫學就非常進步。』

所有疾病都被克服，人們活到百歲左右，直到衰老而亡為止，過著非常漫長的人生。而我國也徹底管理不讓那個技術外流出去。

疾病被克服之後，人們又對下一個境界產生慾望，進而追求達到「不老不死」的境界。

然後，我們終於做到了「不老」這個地步。

我國開發了某種藥物。藉由服用那種藥物，再加上強烈地具有「希望保持現狀」的意念，就可以停止年齡的變化，讓人們保持現有的模樣。

可是，要做到「不死」就不可能了。

這個「不老」的藥物，嚴格說起來是讓人類處於強制停止老化的狀態。如果年齡增長到某種程度，身體還是會無法負荷的。

因此，一旦活到一百歲，身體就會突然停止活動，最後像睡著一樣地死去。解決那個問題的手段，我們怎麼也找不到。所以明明可以做到不老，卻始終無法避免衰老死亡這一點，真是很諷刺的現實。

儘管如此，人們對不老還是充滿期待。

後來全體國民都接受了那份恩惠。大部分的人都選擇了繼續保有年輕，以及強壯、美麗的模樣。他們維持在二十歲到三十歲這段最輝煌的青年期，停止成長，歌頌著自己的人生。

其中也有人希望永遠保持純真，「想永遠當個小孩子」。他們期待當個身體永遠是小孩子的大人。

相反的，也有人希望「保有威信」，選擇以壯年的體能活下去。

因為只要年老就無法回春，於是這就成為每個人一生中最重大的決定。

就這樣，這國家的人們非常期待不老這件事。

然後，就發生了很可怕的事情。』

聽到這裡——

「咦？什麼？咦？」

男旅行者的臉色大變。

他環顧表情依然很酷的女子旁邊，那些正睡著嬰兒的床鋪。

「難不、成……」

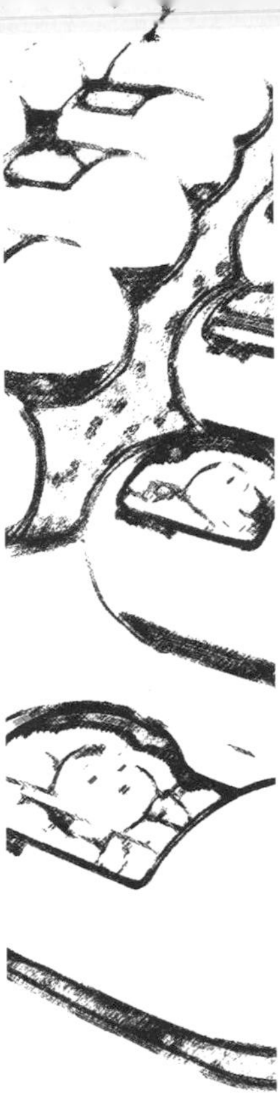

然後一面念念有詞地說道。

『是的。就是發生了您現在所懷疑的事情——那些嬰兒，拒絕繼續成長。』

管家先生說道。

『照理說，若沒有服用那個藥物就絕對不會產生藥效。而且服藥以後，還需要強烈的意志推波助瀾——照理說應該是這樣的。當然當時並沒有對嬰幼兒投藥。這藥物具有雙重的安全裝置。』

「那麼……怎麼會變成這樣呢？」

男子積極地詢問。

『那是因為，那個藥物對服用者所生的孩子也產生作用。大家完全沒想到它的藥效竟然會強烈地殘留在剛出生的孩子體內。但是，光是那樣理當不會發生什麼狀況。畢竟意志——若沒有「希望保持現有模樣」的強烈意志，這款藥物是無法發揮藥效的。』

「可是……？」

『就人類來說，任誰都沒有嬰兒時期的記憶。可是，這次的狀況卻證明了一件事。那就是「嬰兒也有其自我意志，具有思考的能力」。然後，他們，大概是抱持這樣的想法吧。也就是「覺得只要睡覺、喝牛奶這樣的生活比較輕鬆。希望永遠保持這個模樣」吧。』

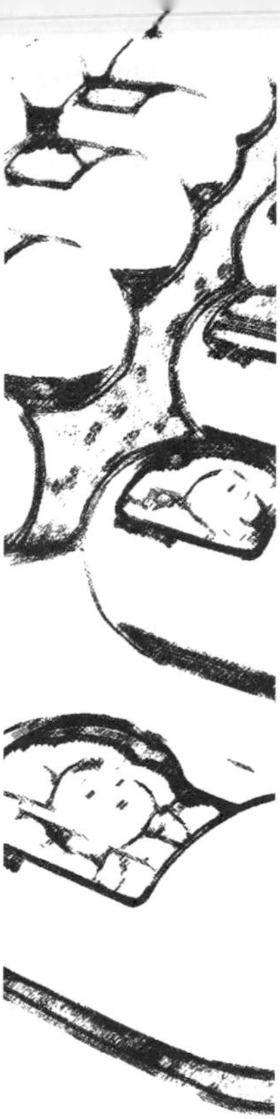

「…………」

『等到這國家的人們，發現國內淨是永遠不會成長的嬰兒時——一切都太遲了。因為已經不可能讓嬰兒改變自己的意志。在這個國家，每個人都服用過那種藥物。因此往後生下來的小孩子，在嬰兒時期就停止成長，這種事情是可以輕鬆預見的。』

女旅行者望著在身邊的床鋪裡睡覺的嬰兒。

「那麼，也就是說這些孩子——已經將近百歲囉？」

「哇！」

男旅行者聽到這句話，彷彿才注意到這件事似的，表情變得更加痛苦。

『沒錯。結果「大人們」只好放棄嬰兒們的成長。為了能夠輕鬆撫育他們，於是開發了這種床鋪。』

「原來如此，如此一來似乎變輕鬆許多。」

『不久後，就再也沒有人生小孩了。那些已經生下小孩的大人們則是內心五味雜陳，一直看護著自己那始終保持可愛嬰兒模樣的孩子。然後，大人們享受過不老的滋味，最後因為衰老而逐漸死去。而父母雙亡的孩子們，就像這樣被送到這裡來。最後留下來的大人們，毀掉所有建築物，讓國內變成牧草地。並且改良牧草的品種，讓它們能夠終年生長，接著飼養大量的牛隻，讓奶粉能處於安定生產的狀態。』

「那麼，現在養那些牛隻跟嬰兒的是誰？」

『是當初設計成能夠自動運轉的機械。不過，那些機械再過不久也將功成身退了吧。或許兩位已經發現到了，在防護罩完全漆黑的臥艙裡——』

女旅行者皺了下眉頭，她真的只皺了一下。然後，又繼續說話：

「那裡面的嬰兒，已經壽終正寢了對吧。」

「哇……」

男旅行者聽到這句話，才意識到這個事實，失聲大叫。

『是的。再過不久，「國民們」就會逐漸死去吧。當最後一個人踏上旅程時，這個國家就會滅亡——以上就是有關這個國家的一切。非常感謝兩位耐心聆聽。』

「不不不，別這麼客氣啦。」

男子回應了管家先生，然後忽然發現到什麼似的。

「為什麼要告訴我們這些事呢？——過去的一百年之間，曾經有人來過這個國家嗎？」

管家先生從第二個問題開始回答：

『過去，曾有大約二十組的旅行者造訪這裡。可是，當時國民們的壽命都還未盡，因此並沒有允許他們入境。而你們，真的是特例。恐怕是這個國家最後的訪客了吧，所以我才決定告訴你們這些事。』

「原來如此。」

「那麼，最後我還有一個問題。」

女旅行者彷彿在對不知身在何處的某人說話。

『什麼問題呢？』

「請問——你是誰？」

當下，沉默了幾秒鐘。

然後——

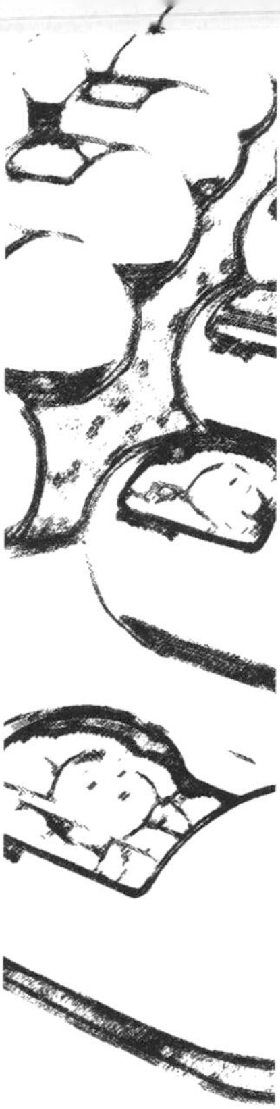

『「我」——』

管家先生回答了女子的問題。

『只是機械。是被製造出來養育那些嬰兒與牛隻的機械。』

「咦？可是你的語氣跟人類沒什麼兩樣耶……雖然不曉得是什麼構造，但這個國家的科技好厲害喔……」

男子感到非常佩服。

「一開始就是這樣嗎？」

女子立刻這麼詢問。

「什麼？」

不明白女子怎麼會問這種問題，而面露訝異表情的男子發出了聲音……

『不是的。』

被機械的聲音蓋了過去。

「咦？」

對因為機械的話而瞪大眼睛的男子，以及沉默不語並面無表情的女子，機械繼續說下去：

『我原本不像人類，也就是說不像現在這樣，不具有思考的功能。我所具有的，是為了更有效率地照顧嬰兒，學習因應嬰兒或各種狀況運作的能力。不久後，又被加入如何有效率地飼養牛隻、生產牛乳的能力。我也放眼外面的世界，更加提高自己的學習能力。』

「然、然後呢？」

男子問道。

『後來，經過各式各樣的學習，終於在某一天，我對這個「我」有了新的認識。至於那是什麼時候發生的事，我已經不記得了。』

「簡直就像是個嬰兒呢！」

男子開心地說道。

『啊哈哈！』

機械確實笑了起來。

「是嗎？謝謝你的回答。」

聽完回覆的內容後，女子淡淡地答道。

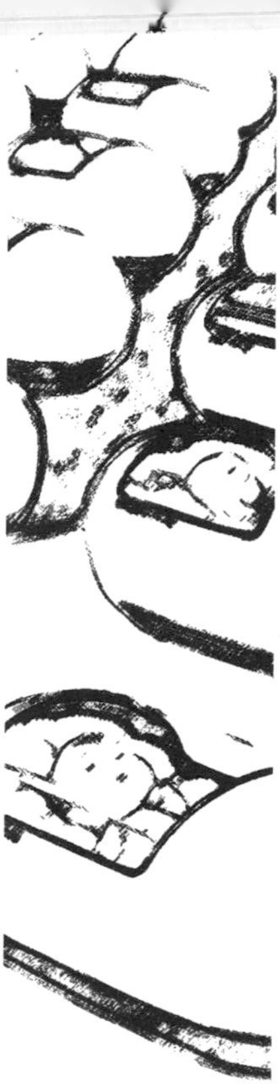

『不客氣。國內旅遊也到此為止，再麻煩兩位從入口離開。』

聽到那個聲音，兩名旅行者慢慢往回走。

這時候，有聲音從後面傳來。

『祝兩位有個美好的旅程。以及，美好的人生。』

男子回頭說話了。

「謝謝，你也是！祝你永遠這麼活力十足！」

『非常謝謝你如此貼心的祝福，不過……當最後一名國民壽終正寢時，我的「人生」也即將結束。』

「咦？那樣真的好嗎？」

男子發出詫異的聲音，又開心地邊笑邊回答。

「不過，如果那是你的願望，倒也無妨——我只是覺得，你何不也選擇一個更不同的『人生』呢！」

『是嗎？』

「是啊！等你的任務結束以後，請仔細想想吧。反正，時間還很久不是嗎？最重要的，我想就在於你本身『強烈的意志』喔。」

『…………』

機械一時語塞，沉默了好幾秒鐘。

而兩名旅行者最後聽到的是——

『我會……想想看。只是不曉得，會變成什麼樣子……』

這樣子一句話。

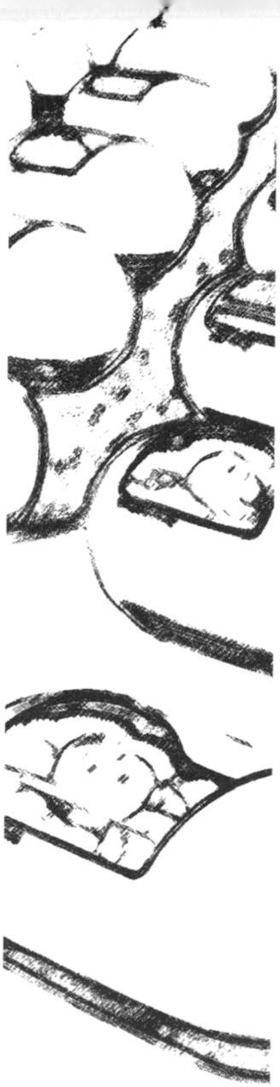

第三話
「税金之國」
—Supply and Demand—

第三話「稅金之國」

—Supply and Demand—

「這就是所謂的痛哭精進值呢，奇諾。」

「…………」

奇諾與漢密斯行駛在高級住宅區之中。

這裡是他們剛剛入境的國家內部。

有著鋪設平整的寬敞道路、規劃完整的人行道，以及左右間隔相等且綿延不斷的行道樹。緊接著的是一整排舒適又漂亮的豪宅。那景象簡直就像是一幅美麗的畫作——

「我說這是痛哭精進值，妳沒聽到嗎？奇諾。」

「嗯，的確沒錯。」

奇諾不經意地說道。

然後她抬頭仰望，夾在行道樹那片綠意之間的天空，看起來既美麗又晴朗。氣溫不會太熱，空氣並沒有很潮濕。就騎摩托車來說，這一天可說是最棒的，涼爽的初夏呢。

奇諾稍微拉開黑色夾克的領子，讓舒服的風吹進衣服裡。

一路上盡是綿延不絕的高級住宅區。

「這個國家，似乎相當有錢呢。還是說只有這一區而已呢？」

奇諾針對漢密斯的問題如此回答：

「關於這一點，接下來就拭目以待吧。畢竟我們目前只走過這裡而已。」

從奇諾的背後，遠遠的還可以看到他們剛才入境時的城門與城牆。

「如果這裡是有許多富豪的國家，可是做大生意的機會喔，奇諾！」

「這話是什麼意思？」

「就是用簡單的創意從富豪那兒賺取大把鈔票！出境的時候，能夠開心累積大量寶石，屆時到哪個國家都能販賣的計劃喔。」

「要是真有那麼好康的事情就好了。」

「千萬不要放棄夢想喔，奇諾。有需求就會有供給。只要找到『需求』就沒問題了。」

「你說得好簡單喔~問題是要找到那個『需求』，不正是最困難的嗎？」

「話是沒錯啦。」

奇諾與漢密斯，繼續悠哉地在高級住宅區裡穿梭。可能今天是假日的關係，抑或是平常就是這樣，路上完全沒有其他行駛的車輛。

最先察覺到異狀的是漢密斯。

「奇諾，有味道喔。」

「等到了旅館，我就馬上洗澡啦。」

「我不是那個意思，我覺得好像哪裡發生了火災。」

「火災？」

奇諾隨即減慢漢密斯的速度，並且環顧四周。

最先發現到的，果然還是漢密斯。

「在左斜後方，妳看得到嗎？」

奇諾剎車停住漢密斯，整個人轉身往左後方看去。然後就發現到漢密斯所說的位置。

距離應該相當遠，但是在綠色行道樹上方，不是正有細細的黑煙直往上竄嗎？

「真的耶。你還是一樣敏銳呢，漢密斯。」

「嘿嘿——那麼，接下來該怎麼辦？要報警嗎？到附近的住家借電話吧。既然入境審查都自動化了，電話這種東西應該會有吧？搞不好還可以要到一筆賞金喔？」

「不，原則上我們先過去看看。萬一只是單純在燃燒垃圾，那就糗大了。」

「了解。不過，從那個煙來判斷，我覺得燒垃圾的可能性很低。」

奇諾讓漢密斯繼續前進，並立刻壓低車身進行迴轉。

「那麼，在第二個十字路口右轉。」

在漢密斯的帶路下前往火災現場。

隨著愈來愈接近那個位置，煙霧也愈來愈濃。

「若是燃燒垃圾，這應該是多少年的分量呢？奇諾。」

最後，甚至從綠樹的縫隙中，都可以看到熊熊的火焰。

結果，那裡就是火災現場。

而且，情況比想像中還要嚴重。

「是這裡啊……」

奇諾把漢密斯停在一棟正在燃燒的豪宅前面。

那是一棟三層樓建築，四周環繞著修剪整齊的草皮，是相當氣派的房屋。只見那棟房屋從一樓開始就被熊熊大火包住，一面發出「啵——啵——」的警報聲不斷燃燒著。

附近的居民當然也察覺到了，他們害怕地從自家範圍遠眺著。對奇諾與漢密斯而言，在這個國家裡第一次見到的人類，就是他們了。

看樣子早就有人報警了，當奇諾他們一抵達，就馬上聽到遠處傳來的消防車警笛聲。

過沒多久，警笛聲愈來愈大聲，好幾輛紅色車體的消防車，圍在那處民宅四周停了下來。為了不妨礙救火，奇諾讓漢密斯繼續往前進。

「這麼做或許不妥，但畢竟是緊急時刻。」

漢密斯行駛在人行道上，然後停在一棵大樹旁邊。

「救命哪！快幫我把火滅掉啊！」

一名男子，一邊叫一邊從燃燒的房屋後方跑出來。

他年約三十幾歲，穿著POLO衫跟短褲。恐怕是屋主吧，剛剛他應該在屋子後面拚命滅火吧。因為他的臉被煙燻得黑漆抹烏的，全身也濕透了。

屋主衝向消防隊前說：

「上面還有人！可是我沒辦法進去救人！現在還來得及！」

他露出足以當範本的極度驚恐表情。

身穿銀色消防衣，體格壯碩的男子們，從消防車下來後便排成一列。

「好！行動吧！」

接著聽從看似隊長的年長隊員的命令，動作俐落地開始行動。

消防隊員們從消防車上放下粗大的消防水管，並接上設置在路旁的消防栓。消防幫浦車的引擎，發出格外巨大的聲響。

奇諾與漢密斯，在不妨礙救火的地方觀看整個過程。

「真可惜，看來沒機會要到一筆賞金了。」

「可是，火災能因此撲滅是最好不過了。」

兩人如此對話。

當消防水管與消防幫浦準備就緒，隊長便下達命令。

「開始放水！」

「開始！」

男子們撐住的四條消防水管，以猛烈的力道開始放水。

噴出的水在天空中畫出美麗的彩虹，朝著房子灌了過去。

「奇怪？」

「…………」

水不是噴在燃燒的房屋，而且朝向距離相當遠的隔壁房屋噴去。水全灌注在隔壁四棟房屋的牆壁或屋頂上。

「等一下！——為、為什麼啊！應該先噴水滅我家的火才對吧！」

屋主逼近隊長，替奇諾與漢密斯說出他們心中想說的話。

「先生。」

儘管周遭十分吵雜，隊長仍用聽得一清二楚的冷酷聲音回答。

「你沒繳防火稅對吧？」

「…………」

屋主的臉色為之一變，但因為他的臉被煙燻黑的關係，因此看不太出來。

「我們在出動前就仔細確認過了。打從蓋這棟房子以前，你就一直沒繳納任何防火稅。」

「啊……」

屋主全身癱軟，咚地一聲癱坐在隊長前面。

此時停放在車庫裡的車輛，可能是油箱的汽油被引燃，「轟」地發出巨大聲響，玻璃整個破裂並從屋裡噴了出來。鐵捲門也被炸到有一半往外翻。

「小心點！不要站在車庫前面！」

隊長如此指示。

「了解！」

隊員動作俐落地移動，立刻遠離熊熊燃燒的房屋。然後，繼續對旁邊的房屋進行預防性噴水。

偶爾有火星飛舞，隊員們一眼就立刻發現，並迅速用水將之擊落。真的很有本領。

至於持續燃燒的房屋一樓，已經完全陷入火海之中。然後蔓延到二樓，緊接著是三樓。

就在那個時候。

「救命啊——！」

傳出尖銳的慘叫聲。

隊長、屋主，以及奇諾與漢密斯，都抬頭往發出聲音的方向看去。

「在這裡——！救命啊——！」

在熊熊燃燒的房屋最高處，也就是三樓的露臺，有一位正在慘叫的年輕女子在那裡。

她恐怕是屋主的妻子，或是戀人吧。

因為煙霧有時候將她包圍，完全看不到她的人。

「救命啊——！咳咳！咳咳！」

「啊啊！」

屋主站起來往房屋的方向看。

「哇——好熱！」

火焰的熱幅射太可怕了，若沒有穿防護衣，根本就無法接近。

那些揹著氧氣筒，能夠接近甚至可以進入屋內的人們——

「再往右一點，小心別沖破窗子喔——很好。」

正繼續悠哉地把隔壁房屋淋濕。

就在此時，傳來了警笛聲。馬上又有其他消防車抵達。

這次是裝設了堅固梯子的雲梯車。如此一來，要救位在三樓的女子，應該非常簡單吧。

「救命啊——！咳咳！」

有隊員從雲梯車走下來，並開始跟隊長交談。

「我們正在附近進行訓練，所以前來支援！要出動雲梯嗎？」

「什麼，你們沒接到聯絡嗎？這個房屋，是拒繳防火稅的住宅。沒必要救火。」

「啊，是這樣嗎？失敬失敬，那麼我們回去繼續訓練。」

「嗯，加油喔。」

結束那些對話後，隊員們立刻返回雲梯車。

「咦！拜託！等一下啦！」

「救命啊！救救我啊——！」

儘管聽到屋主與女子的聲音，雲梯車在沒有鳴警笛的情況下，離開了火災現場。

團團包圍房屋的火焰，燒得愈來愈旺，火勢蔓延到三樓只是時間的問題而已。

「不要啊——！我還不想死啊——！」

事到如今，在露臺上東竄西跑的女子，決定即使必須有些犧牲，也要保住自己的性命。

換句話說，她把身子從露臺往外探。

「哇啊啊——！」

伴隨著慘叫聲，她跳了下來。

下方是草皮。女子在半空中失去平衡，伴隨著「砰」的聲音，她的雙腳與腰部整個陷入地面。

不過，應該是不幸中的大幸，看來她似乎是避開了最糟的狀況。

「好痛——！好熱喔——！哪個人快過來——！」

她在草皮上痛苦地扭動身體。男性屋主已經管不了溫度有多熱，儘管皮膚被熱幅射燙傷仍然衝上前去，拖著在草皮上的女子。

「好痛，好痛，好痛！」

硬是把她拖離熊熊燃燒的房屋四周。

就這樣，女子得以免於被燒死的危險。

「好痛！救命啊！救命啊！」

大概是身上哪個地方骨折了吧，女子完全無法動彈，只是不斷地拚命哀號。

至於屋主的身體，似乎也有多處燒燙傷，整個人癱坐在原地，已經無法正常活動了。

就在那個時候，鳴著警笛的救護車抵達。

從救護車下來的隊員們，立刻奔向那兩名傷者。

「啊——這一戶人家拒絕繳納防火稅喔。」

聽到隊長那麼說——

「什麼嘛……」

「原來如此。」

隊員們興趣缺缺地停下腳步。

「喂喂喂喂喂喂！救救我們啊！如果要錢，不管多少我們都願意付！」

「稅金之國」
—Supply and Demand—

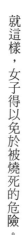

仍然癱坐在地上的屋主放聲大叫。

「那樣的話算是賄賂喔。你想引誘我們成為犯罪者嗎？」

隊長用極度冷靜的言詞回應。

「現、現在你們的面前有人正痛苦得要命耶！你們還算是人嗎？」

「我們是人啊。所以不得不服從命令。等我們結束周遭房屋的預防措施，就會立刻收隊。」

事情發展到這裡，原本只是在一旁觀看的奇諾與漢密斯，總算了解事情的狀況了。

不過為了確認，奇諾上前詢問隊長。

「那個……如果沒打擾到救災，有點問題想請教你。」

「有什麼問題呢？旅行者與摩托車，儘管問沒關係喔。」

「你們完全不救助那個人，也不進行任何滅火行動，原因是什麼呢？」

「是的，其實非常簡單。」

隊長露出親切的笑容回答。

「因為他們並沒有支付稅金。」

「好痛喔——！哪個人救救我們……」

「救命啊！快來人！如果要錢，我願意付啊！」

聽著那兩人在背後發出的哀號聲，隊長很仔細地對奇諾與漢密斯進行說明。

「在我國，每年都會針對如何使用稅金，公布完善的分配比例。其中，如果有納稅人認為『我不想接受這項服務』，是可以拒絕支付那部分的稅金的。譬如說——住在山區的人，既然後院有可以直接飲用的山泉水，就沒必要支付自來水維修費用對吧？」

「原來如此。」「嗯嗯。」

奇諾與漢密斯隨聲附和。

「除此之外，若認為『沒必要上學』的話，就不必繳納跟教育有關的稅金。如果本身是教師，可以自行負責教導孩子，或是把多出來的錢用來僱用家庭教師。」

「原來如此。」「了解。」

這時候傳來「嘎啦嘎啦」的巨大聲響，原來是燃燒中的房屋有一部分倒塌了。二樓變成一樓，三樓變成二樓的房屋，至今仍熊熊燃燒著。

而那個屋主與女子——

「好痛——啊——」

「救命、啊——」

還在痛苦呻吟著。

這時候漢密斯說：

「也就是說，這戶人家選擇了不繳納使用在消防方面的稅金對吧。」

「沒錯。那個人認為絕對不會發生火災，自己也不會引發火災，所以就針對那部分做了『節稅』吧。當然不只是這樣，想必還有其他節約的部分吧。在我國，稅金是視納稅人的收入而增加的。像他們這種富豪階級，課的稅金應該很高吧。」

「原來如此。」「嗯嗯。」

「所以，我們沒有義務替他的房屋進行滅火工作。不支付服務費的人，是無法接受服務的。另一方面，他的鄰居全都支付了防火稅，所以我們是基於進行防火措施才出動的。」

「我……我付！往後我絕對會付！所、所以請救救我們！拜託！」

「救護車！讓我們上車！讓我們上車啊——！」

屋主與女子大聲喊叫。

這時候隊長的臉，從奇諾他們身上轉向那兩個人。

「不管你們怎麼哀求都沒用的。因為火災而受傷，我們是無法將你們緊急送醫的。請你們自負責任，自行前往醫院就醫吧。因為你們似乎繳納了醫療方面的稅金，可以得到妥善的處置。」

「原來如此。也就是說他們並不符合緊急送醫的條件是吧？」

漢密斯說道。

「是的。像我們這樣的公務員是屬於公共服務業，既然是『業務』，若沒有付費的話，我們是不會工作的。對於這份專業的工作，我們可是很引以為傲的。」

正當隊長義正嚴詞地這麼說時，屋主似乎發現了奇諾。

「這、這位年輕人！妳是旅行者對吧！請、請妳救救我！請帶我們到醫院！我願意付錢！無論多少我都願意出！這棟房子雖然燒掉了，但我還有其他房子！也還有財產呢！」

「既然你那麼有錢，當初乖乖繳稅不就沒事了！」

漢密斯立刻回嘴，但奇諾卻當做沒聽到似的。

「我了解你現在的心情，也對你提到的酬勞很感興趣，但是靠我跟摩托車的話，實質上來說是無法搬運傷者的。搞不好還會害你們的傷勢更加嚴重。」

「……不會吧。」

「好痛——！好痛——！」

奇諾看著兩人在草皮上痛苦萬分。

「…………」

這時候她不發一語地陷入思考，然後——

「隊長先生，有個問題想請教你。」

「什麼問題呢？」

「這兩個人若是遇到交通意外，是否可以接受救護車的服務呢？」

隊長訝異地皺著眉頭。

「可以，我在出動前確認過了。這名屋主的興趣是開跑車，所以那部分的相關稅金，他全都繳納了。」

「那麼，要是被車輛輾到而受傷，救護車就會送他們就醫囉？」

「是的——不過，為什麼要問這些？」

這時候奇諾跨上漢密斯並發動引擎。
然後——
「抱歉了。」
她朝著倒在地上的兩人猛衝，然後用前輪輾過男子沒被燒傷的手。
「哇！」
用後輪撞上女子身上沒有骨折的部位。
「好痛喔——！」
接著奇諾再用腳把漢密斯往後退，回到隊長的前面。
「不好意思，我剛剛不小心撞到那兩個人了。」
然後毫不在乎地說。
「這算是車禍對吧？出現兩名傷者了喔。」
「……………」

「稅金之國」
—Supply and Demand—

隊長沉默了一會兒並看著奇諾，然後露出微笑。

「有交通事故發生！出現兩名傷者！準備緊急送醫！」

他嚴厲地對著站在他身後，看著整個過程的救護車隊員下令。

兩天後，從這個國家出境的時候——

漢密斯載著相當多的攜帶糧食與彈藥，以及大量能在其他國家販賣的寶石。

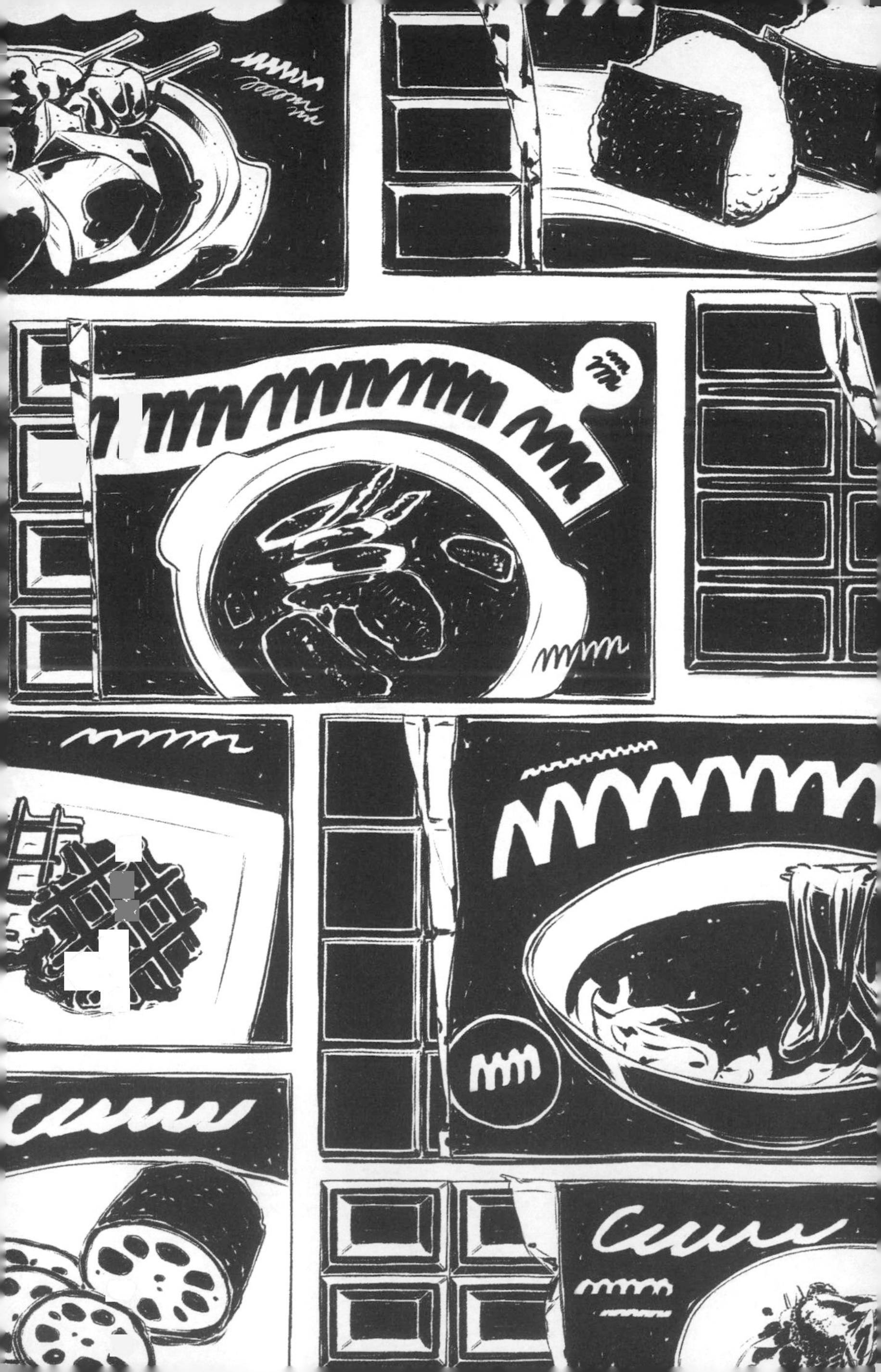

第四話
「主食之國」
—*Staple Diet*—

第四話「主食之國」

——Staple Diet——

「好了——！旅行者，抱歉讓您久等了——！」

「謝謝。我要開動了——請問這是什麼？」

剛入境的奇諾在餐廳裡看著送上餐桌的料理，並且問道。

「想不到妳會在吃以前提問，好難得喔。」

在奇諾旁邊用主腳架立著的漢密斯如此說道。

「別講得好像我是全世界屈指可數的貪吃鬼似的，漢密斯。」

「難道不是嗎？」

「那件事等一下再討論——不好意思，請問這是什麼料理呢？」

可能是餐廳的客人還不多，因此把料理送上來的年輕服務生，回答了奇諾的問題。

「這在我國是最正統的午間套餐喔。首先，主菜是三明治——旅行者，您知道什麼是三明治嗎？」

「我知道。那是用麵包夾一些食材的料理對吧？那麼，這黑色且看起來有點軟的內容物，又是什麼呢？」

「會不會是瀝青啊？奇諾。」

「漢密斯你稍微安靜一點好嗎？」

「啊哈哈，兩位的感情真好。三明治裡面夾的，是巧克力喔。」

「巧克力？」「巧克力？」

「是的，這是巧克力三明治。在這個國家，只要說到三明治，就是指巧克力三明治。幾乎沒有其他口味。」

「原來如此。那麼——」

奇諾指著擺在巧克力三明治旁的小碟子。裡面有些小塊的固狀物，在黑色液體裡滾來滾去。

「這個呢？」

「這是『巧克力燉豬肉』，是用巧克力熬煮豬五花，肉質非常軟嫩。」

「…………那麼，在它旁邊，那個浸泡在黑色不知名液體裡的蓮藕又是什麼？」

「奇諾，妳是明知故問吧？」

「那當然就是『蓮藕鑲巧克力』囉！蓮藕清脆的口感，與帶點苦味的巧克力，可說是最佳搭檔呢！」

「這個黑色的飲料是？」

「奇諾，妳是明知故問吧？」

「這是熱巧克力！」

「這個，黑色的蛋糕呢？」

「奇諾——夠了啦。」

「這是餐後甜點巧克力蛋糕！」

「…………那麼，我要開動了。」

「請慢用！」

「那份全套巧克力午餐，感覺怎麼樣？」

奔馳在可可亞田旁邊的道路，漢密斯詢問奇諾。

「嗯——其實不是不好吃。每道巧克力料理的風味都很豐富，甜度也會隨著料理做改變。」

「反正，妳也吃光光了呢。」

「只是——」

「只是什麼？」

「希望接下來能吃到沒有巧克力的料理。好了，差不多快抵達住宿的地方了。不曉得晚餐會是什麼樣的菜單呢？」

「旅行者！這是您的晚餐，抱歉讓您久等了！這是本飯店的主廚特製的巧克力燉牛肉喔！有胡蘿蔔與馬鈴薯，而且今天剛好買進了不錯的香菇，可說是特別提供給您的服務喔！」

「…………我要開動了。」

「對了，在那之前必須事先向您確認。明天的早餐是巧克力沙拉、巧克力鬆餅三明治或是巧克力吐司二選一，請問您要哪一種？」

「…………那麼，我要吐司。然後我有個問題想請教一下。」
「什麼問題呢？」
「這個國家，為什麼能夠食用這麼多的巧克力呢？」
「當然是因為那是我們的主食啊！農民採收許多可可亞，它富含營養，又有益身體。沒有理由不吃吧？——旅行者，妳問的問題好獨特喔～」

出境當天，奇諾在城門前被一團前來校外教學的本國小學生團團圍住。
在老師的請求協助之下，奇諾回答了各式各樣的問題。關於旅行的事情、漢密斯的事情等等，除了在教育面不合適的事情之外全都來者不拒。一位男孩詢問了這件事。
「請問您在其他國家是怎麼吃巧克力的呢？也是每天照三餐吃嗎？」
「不，我一向把巧克力當甜點或零食吃。對小孩子來說，那是非常受歡迎的食物，但父母都說巧克力吃多了會蛀牙，因此有不少國家不太喜歡讓小孩子吃巧克力。」
奇諾老老實實地回答，然後那個孩子及其他孩童都一起大叫：
「請帶我們一起去旅行！」

第五話
「巧克力的故事」
—Gift—

第五話「巧克力的故事」

—Gift—

那是放眼望去都一望無際的平坦草原地帶。三百六十度，只看得到地平線。

因為正值嚴冬，草全都枯了。到處都看得到樹木。

至於氣溫，就算是大白天也只有攝氏零度的程度。到了夜晚應該會更冷吧。天空既美麗又晴朗，完全看不到任何一朵雲。

而奇諾與漢密斯，正奔馳在那處草原上筆直且綿延不斷的道路上。因為路面沒有積雪，跑起來一點問題也沒有。

奇諾穿著上下兩截的防寒衣，還戴上附有毛皮耳罩的防寒帽。她的臉被口罩遮住，還戴著嵌了整片鏡片的防風眼鏡。至於手套，就像隔熱手套那麼厚。

說到漢密斯，它加了適用於寒冷氣候的機油，兩個輪胎則是能夠陷入堅硬地面的鑲釘輪胎。

正當奇諾喃喃說著差不多該找個地方喝杯正午茶，好好休息一下的時候。漢密斯他——

「要不要再多跑一段路呢？剛剛在地平線上，似乎看到了什麼？」

既然漢密斯這麼說，奇諾便讓他繼續跑。結果映入眼簾的，是一輛卡車。

一輛頂著車篷的大卡車，就停在路旁。

車體雖然龐大，看起來似乎相當老舊。不過，似乎還能夠動呢。

奇諾對漢密斯說了些話，然後小心翼翼地接近、調查，但上面並沒有坐人。

原以為裡面會有屍體，結果也沒有。而且，車鑰匙還插在車上，也有足夠的燃料，輪胎也沒有爆胎。

奇諾調查了車篷裡的載貨台，那上面排了滿滿的木箱。奇諾一邊確認是不是炸彈陷阱，一邊小心翼翼地打開一看，裡面是——

「是巧克力耶，漢密斯。箱子裡裝了滿滿包裝完整的板巧克力。」

奇諾拿了一塊巧克力給漢密斯看。上面包著銀紙，外面再包了一層包裝紙，是非常普通的板巧克力。

「巧克力的故事」
—Gift—

「一箱裡有五百片，這兒一共有二百箱，所以是十萬片啊——一片的熱量有四百卡洛里，總共就是四千萬卡洛里呢。」

漢密斯俐落地計算。然後，又補了一句「這樣可以活幾十年呢」。

「這些巧克力，為什麼會放在這種地方呢？卡車也沒故障啊……」

奇諾不解地歪著頭。她把巧克力放回箱子裡，然後爬上卡車的車頂，環顧了一下四周。

「並沒有看到屍體……在這裡休息而遇難的可能性也不高。」

「搞不好是進行什麼交易喔，奇諾。巧克力放在這裡交貨，屆時就會有人過來收。」

漢密斯如此說道。從車頂下來的奇諾說：

「原來如此……可是，放在這裡好像刻意要讓我們發現似的，要是被別人發現，然後搶走呢？而且車鑰匙還插在車上呢。」

「這個嘛，的確很不可思議呢～倒是奇諾，要搶走這輛卡車嗎？」

「如果漢密斯你願意被丟在這裡的話。」

「那就傷腦筋了。不然，只拿巧克力好了，能拿多少就拿多少？」

「這麼冷的天氣吃巧克力的話，的確有很大的助益，只不過……」

奇諾想了一下，後來回答「還是算了」。

「哎呀，真難得。為什麼？」
「不曉得這麼說，漢密斯你是否能夠了解——」
「嗯。」
「我從這大量的巧克力之中，感受到許多類似『心意』這樣的情感。」
「嗯，我完全聽不懂妳在說什麼。人類都會相信那種非科學的事情呢——」
「嗯，這些就繼續放在這裡吧。可以嗎？」
「妳覺得可以就可以囉。」

然後奇諾跨上漢密斯，繼續往前進。
心裡想著接下來要在哪裡喝茶休息。

當他們得知神祕巧克力的真相，是在接下來的兩天後。正好是奇諾與漢密斯抵達某一個大國的時候。

「巧克力的故事」
—Gift—

發現那個國家的甜點店裡販賣相同包裝巧克力的奇諾，總之先點個幾片當做旅途中的乾糧，她仔細品嚐過其中一片以後，便詢問老闆那輛卡車的事情。

老闆回答了她的問題。

「啊啊，妳看到那輛卡車了啊。有沒有吃個幾片巧克力？」

「沒有。」

「哎呀，為什麼？」

「我總覺得，那是某些人的『心意』呢。」

「啊——或許那是正確答案呢。」

奇諾與漢密斯向似乎知道原因的老闆，詢問「那到底是怎麼回事」。

「嗯——旅行者你們知道嗎？這個國家有種風俗習慣，就是每年冬季的某一個日子，女性會對心儀的男性告白，並且送巧克力。不過就在十天前呢。」

「不知道。」「不知道耶——」

「總之，就是有那種風俗習慣啦。然後，巧克力超級熱賣。一年之中的銷售量，在這個時期就占了四成。」

「四成是嗎……」「真的好多喔。」

「這個國家，有一個全部由帥哥組成的歌劇團。團員從小孩子到紳士般的老人都有，專門表演歌舞秀給大家看。這個歌劇團在國內的女性之間，擁有超高的人氣。」

「那麼，也會收到那些女性贈送的巧克力對吧！」

漢密斯如此說道，老闆點了點頭。

「歌劇團每年都會收到無以數計的數量喔。可是，雖然收到禮物，歌劇團的人們卻沒辦法吃。一想到萬一裡面摻了毒該怎麼辦，因此只能採取最安全的做法。」

「原來如此。」「我想也是呢——」

「於是，歌劇團改變了規則。後來他們只收『巧克力券』代替巧克力。他們的說法是，『屆時他們會到店裡兌換巧克力，這樣就會吃到大家送的巧克力了』。」

「原來如此。」「那麼做，的確就敢吃了呢。」

「可是——」

老闆窺視四周並且壓低聲量。確認沒有其他客人以後才又繼續說：

「這件事，因為你們是旅行者我才說出來。拜託你們千萬要保密，別在國內宣揚喔。你們可以答應我嗎？」

「知道了，我答應你。」「了──解。」

「那我就說了……雖然巧克力後來是用那種方式訂製，但歌劇團的成員實際上幾乎都沒有吃。他們會拍一張正在吃巧克力的照片，製作『謝謝大家！』的海報。可是製作巧克力的甜點公司，總不可能把這些沒吃完的大量巧克力暗藏起來。要是被查到庫存數量異常，事情就會曝光了。」

「於是……」「我知道了！」

「沒錯，旅行者你們所看到的巧克力，就是要送給歌劇團的那些巧克力。是好幾萬名女性粉絲送給歌劇團的禮物。可是，因為都沒人吃的關係，只能趁冬天的時候放置在草原上。剛開始只是單純的棄置，但是在春天以前就會全部不見。從此以後，每年都持續那麼做。」

「為什麼會不見呢？」「為什麼？」

「根據我聽到的說法，好像是鄰近的國家發現到這件事，就把巧克力帶回去了。他們會小心謹慎地只把巧克力從卡車拿走，將卡車繼續留在原地。雖然那卡車對這國家來說，是預定要當廢棄物處置的老舊卡車，就算被偷走也無所謂。我想今年，當你們離開這個國家沒多久，對方又會來拿巧克力了吧。」

「原來如此……也就是說，漢密斯的猜想是對的呢……」
奇諾如此說道。
「奇諾的第六感也猜對了哦。」
漢祕斯也跟著這麼說。
「如此一來，歌劇團的粉絲可以贈送巧克力，甜點公司也能大賺一筆。歌劇團也敢吃巧克力了。而那個不知名的國家，每年都能吃一次免費的巧克力。就是這麼回事。喔，還有，也能夠做到『不浪費食物』這件事。這麼說來盡是好事呢。」
「原來如此……非常謝謝你的解說。」
「拜託你們千萬要保密喔。」
「知道了，我絕不會對任何人說的。」
「真的嗎——？大叔，奇諾她相當大嘴巴喔？你不覺得往她嘴裡再塞一塊甜食會比較恰當嗎？」

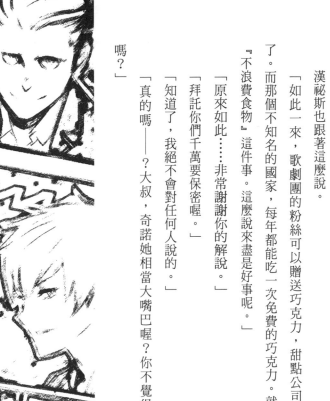

聽到漢密斯的話，老闆不禁笑了出來。

「啊哈哈哈。那麼，就把這個吃了吧！」

於是，他又免費給了奇諾一片巧克力。

第六話
「遺產之國」
—Protector—

第六話「遺產之國」

—Protector—

我的名字是陸，是一隻狗。

我有著又白又蓬鬆的長毛。雖然我總是露出開心歡笑的表情，但那並不表示我總是那麼開心地笑。我天生就長那個樣子。

西茲少爺是我的主人。他是一名經常穿著綠色毛衣的青年，在很複雜的情況下失去故鄉，開著越野車四處旅行。

同行人是蒂。她是個沉默寡言又喜歡手榴彈的女孩，在很複雜的情況下失去故鄉，後來成為我們的伙伴。

我們今天仍持續旅行。坐著載滿行李的越野車上，尋找願意接納我們定居的國家。

正當春天的腳步不斷前進，樹木開始冒出新芽，迎面而來的風也變得輕柔的時候——我們穿越坡度和緩、山巒重重的土地，好不容易抵達某個國家。

那是一個遼闊的國家。

日出後沒多久，我們從山嶺俯瞰，只見城牆化為灰色線條綿延不絕地朝著山脊的另一端延伸，完全看不到盡頭。

「好大的國家哦。」

總是一身毛衣打扮的西茲少爺在駕駛座說道。

「…………」

蒂在副駕駛座，將下巴抵在我的頭頂上，用無言代替回答。

在晨曦的照耀下，逐漸看得見國內的樣貌。

雖然國土大部分是山岳，但也看得見到處都長滿了許多堅固的細長棍棒。

「那些是高樓大廈喔，蒂。看來這個國家的建築技術很進步呢。」

西茲少爺說道，然後——

「而且高樓大廈之間，有單軌電車在高處行駛。那是只有一條軌道的鐵路。可以想見這個國家的科技也相當進步呢。」

他又補了幾句話，連那種小細節都看得如此清楚，只有視力超乎常人的西茲少爺才辦得到。

「好了——這會是什麼樣的國家呢？」

語氣開朗的西茲少爺發動越野車的引擎。

我們下了山坡，來到被晨曦照耀的巨大城牆前方。然後在東城門打聽移民的事宜。

「啊，我國完全不接受那種事情。」

在那裡所遇到的第一個人，直截了當地這麼說。

「現在怎麼辦？要入境嗎？」

西茲少爺選擇入境。

老實說，已經沒有進入這個國家的理由了。可是……

「不過，可以讓蒂學習些什麼知識。」

基於那個新的理由，西茲少爺申請入境十天，也得到了許可。之所以會申請這麼多天，是因為這國家太大的關係。

雖然入境沒多久就體會到了，不過，還真是科技進步的國家啊。

像冰柱般的高樓大廈密集排列，空中也到處設置著無人駕駛的單軌鐵路。完全自動操控的電車在上頭行駛，招牌全都使用電腦螢幕顯示。

儘管如此，我還是覺得這兒的國土夠大，大可不用住得如此密集。

「基於便利性考量，以致於演變成過度集中的狀態。畢竟大家都很嚮往『都市』，那份嚮往又衍生出更進一步的嚮往。」

西茲少爺如此說道，原來是這麼回事啊。

「因為擁有技術，才能成就支持那麼多人的大都市。而且，技術會因為想要建造大都市而進步……該怎麼說呢？這或許就是，類似先有雞還是先有蛋的爭論那樣的事情吧。」

「…………」

不曉得她到底有沒有聽懂，總之蒂還是以無言代替回答。

我們參觀過的大都市的確都很棒，對於過去老是看著大自然的我們來說，覺得有點壓迫感。不過因為時間還很早，街道上並沒有太多人。

因為這個國家很遼闊，城市與鄉村的差異非常明顯。

當我們離開城市，呈現在眼前的就是沒有任何人家，只有山岳與森林的土地而已。然後，在鋪設柏油路的道路上行駛了一陣子，忽然又出現了建築物雜亂矗立的區域。

握著方向盤的西茲少爺，望著突然出現在森林另一頭，那些像劍山般的高樓大廈說：

「我知道了……這國家，原本是其他國家。」

他說了這樣的話。

西茲少爺的猜想的確命中了。在我們中途落腳吃早餐的食堂，從店裡的老闆娘那兒聽說了。

根據她的說法——

我們目前所在之處，以及入境時看到建築物雜亂矗立的狹小區域，現在被稱之為「城鎮」的部分，在過去分別是不同的小國家。

當時那裡被城牆包圍，各國在城牆內配合科技的進步，拚命讓建築物往上延伸。基於想讓建築物再往上延伸的想法，於是又精進了技術。

後來，位於這個區域的各個小國，認為「反正大家的關係也不差，乾脆就整合在一塊吧」。結果，就像現在這樣拚命地擴展國土範圍。

國家變遼闊以後，大部分的人們都繼續居住在過去的故鄉。畢竟他們對住慣了的地方，還是抱持著無法輕易捨棄的依戀。

吃完非常可口的早餐，我們便開始觀光。我們打算在科技進步，透過人們的努力呈現出未來都市那般面貌的城市散步。那些城鎮的確很了不起，讓我們見識到人類的可能性。

「膩了。」

才到處繞了一天，真的如蒂所說的，已經逛膩了。

西茲少爺詢問這個國家的居民，這裡是否有類似觀光景點的地方，然後也得到了答案。

「要找觀光景點的話，倒是有個眾人造訪的人氣城鎮喔！那裡保留了古老的建築物，因此現在變成觀光景點！」

這是隔天發生的事情。

我們乘坐越野車前往那處「觀光景點」。

前一天因為旅館的住宿費太貴，結果我們離開了那個城鎮，在森林裡露營。這跟在國外旅行的

時候沒什麼兩樣，所以蒂也沒有因此發什麼牢騷。

今天的天氣也不錯。

我們一個勁兒在山路上行駛，好不容易抵達了一個城鎮——過去它曾經是一個國家。

當我們在山路的彎道另一頭看到那座城鎮的瞬間——

「哎呀呀……」

西茲少爺發出讚嘆的聲音。

「嗯。」

蒂也表示贊同似的點了點頭。

我也再次說出了真心話。

「真的很壯觀呢。」

在和緩的坡地上，有座彷彿攀附在上面的城鎮。那是用棕色石頭建造的城鎮。山坡地存在著一個堆了好幾個塊狀物，呈現出幾何學圖案的城鎮。它的寬度與長度大約有數百公尺吧。

距離城鎮較遠的寬敞處，被當成停車場使用。從這裡可以把城鎮的模樣一覽無遺。

我們把越野車停好以後，再次以徒步的方式觀光。城鎮的中央有河川流過，左右則規劃成大馬路。這兒的石造房屋與道路，是在這個淨是高樓大廈的國家裡，完全看不到的建築。看到人們走過的痕跡所造成的磨損，就可發現已經歷經了長年的歲月。

排列在山坡上的建築物，從其微妙的不整齊與石頭縫隙，可充分了解這是靠人力一塊一塊組合而成的。每戶人家之間的道路都很狹窄，而且彎曲複雜，簡直就像迷宮一般。

這個城鎮也有地下道，那兒也可以進去觀光。在大馬路的下方，形成寬敞的地下道，有水流通著。

在技術進步且水道設備完備以前，地上是自來水，地下就正如其字面上的意義，據說被當成下水道使用。

地下道在城鎮的最下方位置結束，那兒有一塊差不多房屋那麼大的巨石，宛如紀念碑般地矗立著。

「…………」

可能是對什麼部分感興趣吧，蒂直盯著那塊巨石看。

「哼。」

最後她發出這個聲音，轉身離開。

這裡的確是很了不起的城鎮，也有參觀的價值。

實際上，除了我們以外，也有不少從其他城鎮造訪的人們。白天的時候，停車場幾乎被大型巴士占滿。從巴士下來的人們，對這個在淨是高樓大廈的家鄉所看不到的美景，紛紛讚不絕口。

到了傍晚，結束觀光行程的人們逐漸離去。因為這個城鎮沒有旅館，無法在此過夜。正當我們心想可能又得露營的時候——

「你們是旅行者，沒有計畫回去的城鎮嗎？我實在不忍心讓那麼小的女孩在外頭露宿，就請你們在這個城鎮過夜吧。」

好心的大嬸看到蒂以後對我們這麼說。

其實我們每天都在外頭露營，這種事對蒂來說根本就是家常便飯。但人家的好意我們還是恭敬不如從命，於是就當了臨時的訪客，在城鎮的公民館這個地方暫住一晚。那是一棟石造的雅致建築物。

只不過，公民館在晚上要召開里民大會，或許會有點吵。但那都是微不足道的事情。

他們還請我們吃使用山菜當食材的晚餐，讓我們覺得很過意不去，這時候隔壁房間的會議開始了。

因為談話內容都聽得見，仔細一聽，發現是鎮上的男人們正在討論城鎮的未來。

原以為當做觀光景點會為這裡帶來光明的未來，結果卻完全相反。

他們對這城鎮毫無未來這件事而互相發出嘆息。紛紛表示「很想移居到其他地方」、「已經受夠這種地方了」等等，情緒都非常激動。

我們悠哉地凝神傾聽，也逐漸了解他們的談話內容。

這個城鎮，從很久以前就是像現在這樣的石造城鎮，但那是因為過去並沒有建造高樓大廈的技術。迫於無奈才會維持這副模樣。

當這個國家統整為一的時候，這個城鎮的人們非常開心。

「如此一來，我國也能建造高樓大廈！不用再住這種連何時是什麼人建造都不曉得的古老石造房屋，終於可以入住舒適的高科技大樓了！」

但是，統整成一個國家時所成立的政府，卻訂定了非常離譜的條例。
那就是，「遺產保護條例」。
這個國家，幾乎沒留下任何具有歷史價值的古老建築。因此，決定了「貴重的建築將傾全國之力加以保護」這件事。
一旦被認定為「保護遺產」，這個場所就無法擅自增建或改建，或是重新翻修了。
而這個城鎮，果然依照這個計劃，整個城鎮都成了「保護遺產」。變成「必須守護的事物」。
其他的國民可以在高科技的大樓裡，充分享受全自動控制的空調、嵌進牆壁裡的電視機，但他們卻只能住在夏天酷熱，冬天嚴寒的石造房屋裡。
根據法律規定，就連當地居民都不能擅自對建築物進行任何修繕。
更重要的是，觀光客一來還得被他們盯著看，那感覺鐵定很不好。
因為居民的鬱悶不滿不斷累積，事實上人口不斷地外流。雖然那些離鄉背井的人們，其實是很希望在自己熟悉的這片土地上生活的。
「每個地方都有每個地方的煩惱呢……」
西茲少爺喃喃說道。我也回了一句「說得也是呢」表示同意。
就在那個時候。

「真希望沒有任何人在的時候發生土石滑落現象，讓這個城鎮完全消失，不知該有多好！」

隔壁房間有人這麼說。

原來如此，應該就是用「自然災害的話，那是無法避免的狀況」這種理由吧。屆時不僅會傾全國的力量投入救災，為了重建，建築業者應該也會加入，或許就能夠建造大樓了。

儘管如此，但只要這城鎮的山坡夠和緩，也不發生大地震，那根本是不可能達成的夢想。

結果，在想不出好辦法的情況下，聚會似乎是結束了。

我跟西茲少爺，都沒有足以拯救他們的知識。於是心想，等聚會結束後，隔壁安靜下來的話立刻就寢。

「…………」

蒂突然站了起來，一步一步地往前走，然後打開通往隔壁房間的門。

接著蒂對著感到訝異的西茲少爺與我，還有應該是房間另一頭的人們這麼說：

「那麼做，就可以嗎？方法的話——」

這是發生在兩天後的事情。

「真的沒關係嗎？要不要重新考慮？」

西茲少爺如此問道。

「囉嗦！我們已經下定決心了！」

「沒錯！我要賭賭看蒂的方法！」

「眼前只剩下這個方法了！」

鎮民們言詞激烈地回答。

「我說，可以。」

連蒂都是這個態度。

我們現在，在地下。在那個地下道的最下方位置，那塊像紀念碑的巨石前面。

居民們聚集在那裡，並且用木框組成水路。水流變得愈來愈窄，雖然水量很小，卻慢慢在累積當中。

兩天前的晚上，蒂突然闖進隔壁房間的集會，並且說了這些話：

「那麼做，就可以嗎？方法的話，有喔。可以破壞城鎮。」

詢問「她是誰？」以及「真的嗎？」的聲音不斷交錯。

「真是非常抱歉！」

西茲少爺連忙衝進去，準備把蒂拉出去。

「等一下！年輕的旅行者啊！我想聽聽看這位白髮女孩的意見！」

因為是年長男性的命令，西茲少爺無法將蒂帶走。

蒂沒有理會垂頭喪氣地退到一旁的西茲少爺，毫不保留地說：

「就是地下那一塊，很大的，石頭。」

蒂的提案是——

因為她話講得太簡短了，中途得靠西茲少爺翻譯，幫忙把她的意圖傳達給眾人了解，簡而言之是這樣的。

她的意思是，位於地下的那塊巨石，是拱心石。

過去建造這座城鎮的人，在第一時間擺放了那塊巨石，或是利用它建造了城鎮。

那塊巨石的四周由小石頭組成，形成對它加諸力量的架構。

然後，先建造了地下道，接著在其上方完成基礎結構道路，最後建造了這座城鎮。

因此，只要能夠移動那塊巨石，整個城鎮就會崩坍。她也知道那個移動石頭的方法。

「想不到，有這種事情……」

西茲少爺感到目瞪口呆。

「不對……」

但是他又不發一語，可能是在重新思考吧。

那是因為他領悟到，既然連我們都無法理解蒂的能力，那麼她能看穿那點事情也不足為奇。

被稱為鎮長的年長男性跪在蒂的面前，半哭喪著臉央求她。

「求求妳，告訴我們那個方法吧！」

蒂提案的方法，非常簡單。只要堵住地下的水流，讓整個地下道被水淹沒即可。如此一來，巨石應該會因為浮力與壓力而移位。
既然如此就立刻執行，整個城鎮不一會兒就展開行動。完全沒有任何人持反對的意見。
城鎮從隔天起中止接受觀光客造訪，理由是要整頓、擴建停車場。
居民們則是把所有家當搬到停車場，能帶出來的東西就全帶出來。
隔天的隔天，已經開始在地下展開集水的作業。
他們利用組起來的木材讓水流變細，最後再用楔子形狀的原木一口氣堵住。
西茲少爺一次又一次希望大家重新考慮，但每次都被駁回。
這時候堵塞物終於被敲打進水道裡，全體人員也離開了地下。
根據蒂的說法，一般積滿水大約需要兩天的時間。
「運氣還真不錯呢。」
但是那一天，從中午就開始下起劇烈的豪雨。

隔天，在進入城鎮的第三天早晨。

我們從紮營的停車場看見了。

我們看見被大雨模糊了視野的前方，一座城鎮崩坍的景象。

那個景象，只要一開始崩塌，真的是短短的一瞬間。

才聽到有不輸給雨聲的巨大摩擦聲響起，拱心石所在位置的周邊，立刻「轟」地往下陷，緊接著從地下噴出大量的水。

然後，城鎮失去下方支撐的力量，從邊緣處開始不斷崩塌，大量的水與四散的石頭，一起沿著山坡往下沖。

蒂的做法完全正確。

那恐怕是用來保護國家的防衛系統吧。與其把國家奉送給敵人，倒不如……大概就是抱持這種覺悟的系統呢，想不到如今卻完全被拿來逆向操作，實在很諷刺。

崩坍一開始就無法停止。數百公尺長的城鎮，不到一百秒就完全失去原貌。

最後只剩下，巨大的凹陷且被毀損的土地。

「成功了！」

「摧毀了！」

「永別了！」
「好開心！太棒了！」
「謝謝你一直以來的奉獻！」
「如此一來就能住高樓大廈了！」
把停車場塞得水泄不通的居民之中，沒有半個人發出悲嘆的聲音。
儘管被雨淋到全身濕透，大家都對新生活充滿了希望。所有人的眼睛都閃閃發亮。
「…………」
西茲少爺沒說任何話，只是看著眼前的景象。
「順利成功了。」
仍然面無表情的蒂，輕輕說了心中的感想。
如果，我們沒來的話——
這座城鎮，就會基於「保護遺產」的名義，在往後的幾十年，甚至是幾百年，只能供他人觀賞

而已呢。換來的卻是生活在那裡的人們的煩惱。

其實我跟西茲少爺一樣，也不知道哪種方式比較好。

唯一知道的是，這座城鎮絕對無法恢復以前的樣貌。

「蒂——不，蒂大人萬歲！」

「我們的女神！」

「謝謝妳！謝謝妳！」

「謝謝妳降臨我們的城鎮！」

「等新城鎮建造完成就為她立一座銅像吧！」

「乾脆，新城鎮就用蒂這個名字命名吧！」

「說得好！蒂大人萬歲！」

結果，蒂成了這個城鎮的救世主。

「可惡！要是法律允許，真希望讓蒂大人他們一直住在這個城鎮呢！」

這件事，就當做沒聽到吧。

接下來，這個城鎮的人們應該會向國家提出災害救助申請吧。

「因為大雨造成土石流，導致城鎮崩坍。畢竟這城鎮過於古老，會有這樣的結果也是沒辦法的事。但由於民眾迅速避難，毫無人員傷亡，可說是不幸中的大幸。」

屆時他們應該會冷靜地這麼說吧。

而國家方面也不可能不出手援助，應該會進行重建吧。但是就技術上來說，要建造一模一樣的建築應該是不可能的事，接下來這裡將建造的，或許是舒適的高樓大廈呢。

「蒂大人萬歲！」「蒂大人萬歲！」「蒂大人萬歲！」「蒂大人萬歲！」

蒂聽著眾人的讚許。

「…………」

西茲少爺此刻心裡想些什麼，我並不知道。

當然，我也沒問。

名叫奇諾的年輕旅行者，騎著叫做漢密斯的摩托車抵達的時候，已經是深秋時期。
當他們在日出不久的早晨，奔馳在紅葉鮮豔的森林道路，並穿過最後一處大彎道的時候——
「就是那個。」
「是那個沒錯呢。」
發現到他們目標前往的「遺蹟」。
奇諾把漢密斯停在能夠俯瞰遺蹟的停車場，眺望眼前的景象。
山的表面開了一個大洞，有異樣的物體從那裡露出來。
那是一個完全沒有陽光反射，漆黑又光滑無比的構造物。雖然只看到極少部分，但它那和緩的曲面——
「好棒喔，奇諾。那是巨蛋耶，想不到有顆超巨大的蛋埋在山裡！」
「嗯，這裡也有標示呢。」
「嗯？哪裡？」
奇諾指著立在停車場旁邊的大型告示牌，並且推著漢密斯移動到那裡。

告示牌上面是這麼標示的：

「這裡，過去曾是一個國家，經過統一以後成為一座城鎮。

可是，城鎮因為今年春天的一場大雨所造成的土石流而崩坍。

奇蹟似地，並沒有出現任何人員傷亡。

雖然我們開始復興，但是，我們卻在這裡目睹到驚人的事物。

這座山，被泥土覆蓋了一座大巨蛋。原來過去存在於此的城鎮，是遠古的人們為了掩飾巨蛋而建造的。

可是，城鎮的居民都不知道這件事。

巨蛋是用超乎我們理解的堅硬材質構成，雖然至今尚未進入一探究竟，總有一天它的祕密一定會被解開的。

我們預定在雨量較少的冬季，開始搬移山坡表面的沙土。

在作業結束以前，這座山區一帶將被當做『超特別遺產』保護。

「遺產之國」

—Protector—

未經許可擅自闖入者，將遭受處罰。」

「原來如此。要是能進到那裡面，或許能對人類的過去更加了解呢！」

「過去，是嗎……搞不好也能了解，為什麼漢密斯早上都起不來的原因呢？」

「那是不可能吧～妳問為什麼？因為摩托車不是人類。」

「傷腦筋，那麼要到哪裡才會知道呢……」

「看來奇諾的旅行，還要持續下去呢～」

「要是能看到這麼稀奇的事物，看到有趣的事物，旅程當然會永遠持續下去囉。」

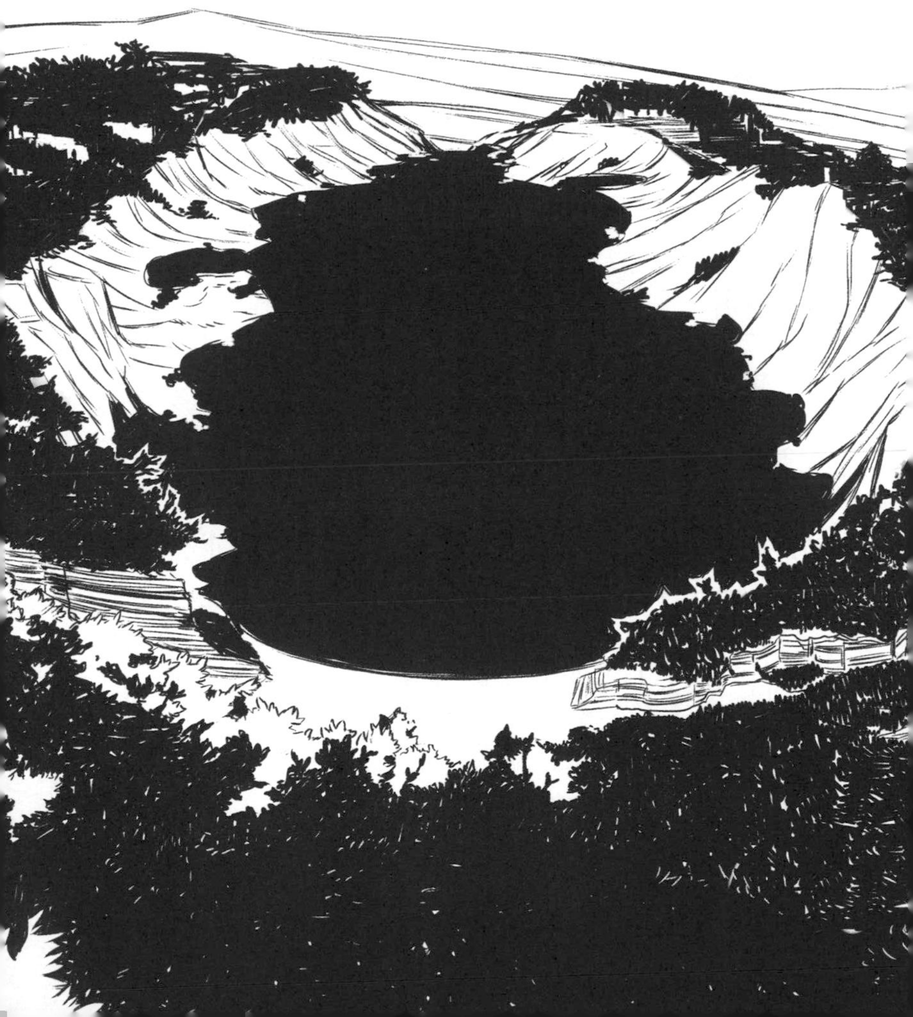

第七話
「復仇之國」
—Savior—

第七話「復仇之國」

—Savior—

一輛摩托車停在草原上。

正逢乾旱期的草原大地又硬又堅固，幾乎沒長出什麼草來。要是能閃避放眼望去四處聳立的大樹，就是能任意奔馳的地方。

早晨的天空非常晴朗，空氣也十分乾燥。氣溫適中宜人。

摩托車的後輪兩側裝了黑色箱子，上面堆放了大型皮包跟睡袋。然後以主腳架立在從大地隆起的小山丘旁邊。

他的前面趴著一名人類。

那是一名穿著黑色夾克的人類，淺戴著附有帽簷的帽子，以趴下的姿勢讓身體緊貼大地，然後架著一挺說服者。

那挺說服者是自動式的步槍，後方是木製槍托，前方則是引人注目的金屬製槍管。還裝了能夠改變倍率的狙擊用瞄準鏡。

而那挺說服者，並沒有裝入彈匣。叼住子彈進行來回動作的槍栓，也停在最下方的位置。

也就是說，那名人類舉著沒裝子彈的說服者，從瞄準鏡窺視前方。

「現在怎麼辦？奇諾。這樣子，讓人無法平靜下來喔？」

摩托車從後面詢問。

名為奇諾的人類，一邊窺視著前方一邊回答。

「嗯——好像還活著的樣子呢……」

「可是，搞不好會被吃掉喔？」

「嗯？可是這附近並沒有看到肉食獸呢，漢密斯。」

奇諾答道，至於叫做漢密斯的摩托車則是簡短回答：

「上空。」

「嗯？——啊啊。」

奇諾的眼睛偏離瞄準鏡並且抬頭。

「復仇之國」

—Savior—

有三隻翅膀長度約普通人類身高的大鳥，在藍天畫著圓圈飛翔著。

「那是什麼呢……」

奇諾再次把視線移回瞄準鏡。

在畫著十字線的圓形視野裡，距離數百公尺遠的草原彷彿伸手可及。

那兒倒了一個人。

因為身上的衣服相當髒，若沒有手腳跟頭顱的形狀，看起來就像是野生動物。

她的體格是成人。有點胖，從體型看起來像是女性。

女性是趴著的，因為被長髮覆蓋的關係看不到她的臉。有時候，還會呻吟似地稍微動一下，所以才得知她還有一口氣。

「是路倒嗎？不過她沒帶行李倒是很不可思議呢……」

奇諾喃喃說道。那名女性的附近，完全看不到任何像包包的行李。

「要是有帶的話，就可以迅速搶走呢。」

「別講得那麼難聽。我才不會搶活人的行李呢。」

「也就是說，如果死了妳就不會留情囉！對吧，奇諾。」

「這個嘛，要是已經死了，或許我就會有效利用她的遺留下來的物品。」

「同一件事會因說法不同而有迥異的結果呢。那麼，那個人妳打算怎麼處理？要救她嗎？」

對於漢密斯的問題——

「…………」

奇諾沉默了五秒鐘左右。

而那段期間，那名女性動了。

痛苦的她大幅度地扭轉身子，試圖要站起來。然後，一瞬間以為她已經坐起身了，想不到又馬上倒下。

而那一瞬間，奇諾與漢密斯都看得清清楚楚的。

「看到了嗎？漢密斯。」

「當然看到了。」

那名女性的手上，銬著堅固的枷鎖。

那是一副木製的枷鎖，把她雙手的手腕緊緊固定在身體前面。而且那副枷鎖，還用繩索緊緊綁

「復仇之國」
—Savior—

在她的腰際。

「想不到她那副模樣，還有辦法走到這裡。」

「不確定喔，漢密斯。或許她被人用車子載到附近，然後被推下車呢。」

「反正，就是兩者其一嘛——」

「嗯，兩者其一——」

最後，奇諾她獨自這麼說。

「喂，還有，我不可能去救她。」

奇諾邊往後退邊站起身，然後以跪姿開始分解步槍。因為所在的位置是在小丘陵的陰暗處，從女性的位置完全看不見奇諾跟漢密斯。

前半段與後半段，只解除安全鎖就能拆開，變成兩段。奇諾稱這挺步槍為「長笛」。

「之前師父曾說過。『幫助別人的時候，必須做好相對應的覺悟』。」

「她的確說過呢~不過，那位師父救了奇諾妳。」

「沒錯……所以我才會知道。現在的我，沒有能力幫助那個人。」

「『認識自己的能力，不做超過能力範圍以外的事情也是很重要的喔，奇諾』。」

「跟現在的狀況非常類似喔。」

「是嗎？太好了——！」

為了收納分成兩段的「長笛」，奇諾打開包包的蓋子。

「現在怎麼辦，奇諾？不久之後那個人，或許會活生生被禿鷹啄食喔。那可是相當痛呢。既然沒辦法救她，何不走過去，給她一槍終結她的性命呢？」

奇諾並沒有回答。就在她把「長笛」的前半段放進包包的時候——

「啊，還是算了。剛剛的話就當我沒說過——」

漢密斯語氣輕鬆地說道。

「嗯？」

奇諾往下看，也就是低頭看漢密斯。

「我說的不是她，妳往西北的方向看吧。」

奇諾往漢密斯說的方向望去。

「…………」

除了草原的地平線之外，根本什麼也看不見。

「再等一會兒。妳應該看到有三棵並排的樹木吧？大概在左邊與正中央的樹木之間。」

奇諾相信漢密斯的話靜靜等待，最後終於看見了。

她看到樹林間有個小黑點在移動，而且愈來愈大，不久後終於分辨出它的形狀，那是一輛卡車。

大卡車揚起微微的沙塵，慢慢地奔馳在草原上。從奇諾的位置看對方的行駛方向，是從左側開往右側。

奇諾捧著「長笛」的後半段，慢慢地趴下來。

「其實可以不用躲起來的──它不會往這邊來。」

「不過會從那個人的旁邊經過呢。」

「司機如果不是特別糊塗，應該會發現到她吧。」

「還是看一下狀況好了……」

奇諾稍微往前走了幾步，趴在剛才同樣的位置，並舉起「長笛」的後半段擺出瞄準的架勢。因為沒有前半段，毫無步槍的功能或型態，只有瞄準鏡可用。

奇諾調低倍率，用更寬廣的視野監視卡車的行動。

卡車明顯是朝著倒在地上的女性接近。然後，突然減慢了速度。

最後，卡車在距離女性的不遠處停了下來。

一名手持長型散彈說服者下車的壯碩男性，朝著天空開了一槍。

那彷彿敲擊小鼓般的微弱槍聲，傳到奇諾與漢密斯所在的地方。上空的鳥兒，當下放棄畫圓圈後散開。

卡車上坐了三個人，全都下車了。一名是女性，兩名是男性。

其中一人監視著四周，另外兩人開始照顧倒在地上的女性。他們小心翼翼地扶起她的身體，讓她喝些飲料，卸下她手上的枷鎖。

然後這三個人，把那名女性搬到照不到陽光的卡車載貨台上。過了一會兒，卡車慢慢地開走了。

奇諾看著卡車，直到消失在山坡的另一頭。

「她似乎得救了耶。看卡車立刻出發的樣子，該不會比想像中的還要虛弱啊？」
奇諾邊站起來邊這麼說，漢密斯則回答：
「應該吧——再晚一點的話，奇諾可能就會給她致命的一擊呢，她真是好運。不過，反正已經不行了。那三個人會照顧她的。」
「你說『不行』是什麼意思？漢密斯。」
「我的意思是，或許那個人就這麼死在那裡會比較好。」
「嗯——不曉得呢……」
奇諾把「長笛」的後半段收進包包裡，重新戴上帽子，把防風眼鏡戴在臉上。
然後跨上漢密斯，發動引擎，再次確認是否有東西忘了拿。
「不管怎麼樣，我們都不會知道結果會是如何——好了，走吧。」
「嗯，走吧。」
奇諾與漢密斯開始朝草原前進。

＊　＊　＊

「復仇之國」
—Savior—

我的名字叫蘇，是一輛摩托車。

我被設計成能夠放在小客車的後車箱隨身攜帶，是有點特殊的摩托車。我的車體原本就很小，把龍頭跟座椅摺疊起來就變得更加小巧。不過，速度並不怎麼快就是了。

騎乘我的主人叫芙特，性別是女性，年齡十七歲。留著一頭長及背部的黑色長髮。

歷經許多事情，好不容易抵達這個國家的我們，開始在這裡生活。因為發生了很多事情，芙特變成有錢人——她對攝影愈來愈有興趣，目前從事接受委託幫人拍照的工作。

而芙特（Photo）這個暱稱就是從攝影而來的，她以前並沒有名字。

這是發生在某個春日午後的事情。

芙特甩著黑色馬尾衝進家裡。

「蘇——！你醒了嗎——？」

在客廳的側邊打盹的我，被她那元氣十足的聲音吵醒。

「啊？——啊啊……我現在醒了……」

「蘇！有旅行者來了喔！」

啊？妳說有旅行者來這個國家，為什麼非得把我叫醒不可啊？我想知道那個原因。

「他們昨天入境，正橫渡這個國家，聽說今天會在村裡的旅館過夜！我們去看看吧！去拍個照吧！」

「為什麼？旅行者有那麼稀奇嗎？」

「聽說他們開著一輛外形很不可思議的車子！我想拍那輛車啦！」

我還真不知道妳對交通工具這麼有興趣。

不過，雖然我對人類沒什麼興趣，倒是對「外形不可思議的車子」有一點興趣。而且，既然被吵醒了，我就想往外跑了。

「準備安全帽吧，芙特。」

「好——！」

就這樣，我跟芙特前往位於附近的某家旅館。

雖說是在附近，但也花了整整三十分鐘。其間還稍微兜了一下風。悠閒地行經白楊大道，還有一片新綠的田園風景，感覺真是舒服。

「衝啊——！」

揹著相機包的芙特，毫不猶豫地猛摧我的油門，讓引擎拚命運轉。雖然幾乎以最高速猛衝，但是在構造上，速度絕對不算快。

「回去以後要幫我把機油加滿喔，機油警示燈差不多要亮了呢。」

「了解！」

芙特只有回應聽起來跟平常一樣元氣十足。

然後我們，抵達了看得見旅館的地方。

這個村莊的旅館，是把過去的小學校舍挪來使用。直到現在，若沒說這是旅館，看起來就像是一所學校。

原本是操場的旅館前方廣場，聚集了相當多人。住在附近的村民似乎都聚集在這裡了。

我們一眼就看出要找的車輛，就在人群的正中央。即使是在人群中也看得相當清楚。

「喔——！就是那輛啊——！」

芙特開心地大叫著。

嗯，它的外形的確很不可思議呢。那是被稱為「高底盤」或「拉高底盤」的車呢。

它的輪胎大得嚇人，是一台將連接的懸吊系統也改裝加長的改裝車。而底盤看起來也很長。

車身是四輪驅動車常見的方正四角形車體。而燃料罐與旅行用品，大量緊貼在車體旁。車頂上裝了載貨架，擺在上面的，應該是摺疊起來的帳篷吧。

輪胎差不多一個孩童的高度，所以必須靠梯子才能坐進駕駛座。車上也準備了那個梯子。

「好棒喔！你知道那輛車為什麼會那麼高嗎？蘇。」

「我怎麼覺得妳的語氣好像很懂的樣子。」

「咦？我當然不知道啊？」

「…………」

算了。

聽過說明才知道，改造的目的原來是為了提升行駛荒野的性能。輪胎很大，很容易跨越過障礙物，輪胎加寬的話，就算行駛在泥濘地面都不容易沉下去。

因為這樣，燃料費花得很凶，加上重心提高之後也變得容易翻車，但撇開無法加速這一點，當

旅行用車輛的實用性應該很高吧。

雖然，車體有些太高這點讓人覺得挺討厭的，但這應該是乘客個人的喜好而已。而且，瞭望的景致似乎不錯。若在平坦的地方，優良的視野可是有許多好處呢。而車頂的帳篷，最適合用來保護自己免於野生動物的威脅吧。

當我跟芙特一抵達旅館前面，便一一跟村人搭話。芙特在這個村莊也算是名人，她相當受歡迎呢。

「大家好！我們來拍照喔！」

至於芙特，則露出毫無顧忌的笑容跟眾人打招呼，把我停下來並熄掉引擎。

「哎呀……是摩托車騎士呢，好難得喔。」

一名男子對芙特這麼說。

對方是看起來約二十五、六歲的年輕男子。可能平常經過相當的鍛鍊吧，體格相當壯碩。

他身上穿的是，有許多口袋的棉質夾克。看起來不像是這個國家的人，鐵定就是這輛車的車主吧。

「是啊。我在這個國家經營照相館，地點就在這附近。我叫做芙特，這是蘇。你就是駕駛這輛車的旅行者嗎？」

「是的，妳好。」

然後芙特跟那名男旅行者短暫地聊了一會兒。

因為芙特在去年夏天也是旅行者，所以兩人很談得來。

芙特並沒有提到過去那些沉重的事情，反倒是告訴那名男子，自己也是開著卡車來到這個國家的，讓男子相當驚訝。

獲得男子的許可，芙特拚命幫這輛奇怪的車子拍照。

「好棒喔——！底盤這麼高，好酷喔——！好勇猛的樣子呢——！」

這個時候，從旅館裡走出一名女子。

她的裝扮跟男子幾乎相同，不用問也知道，應該是他的旅行搭檔吧。要是猜錯的話，就獻出我的機車龍頭。

她的年紀大概三十出頭吧？跟臉上還殘留著稚氣的男子相比，明顯看得出年紀比較大。她有一頭棕色的短髮，是一位長相端正的美女。

不過，長相有點過於端正，她的美顯得不太自然。
那名女子來到男子旁邊，首先把臉湊近並吻了他的嘴唇。他們兩人大概每天重覆幾十次這件事吧。因為他們的動作極為自然。
「哇啊……」
雖然目擊到那一瞬間，芙特卻錯失按快門的時機，紅著臉不經意地發出叫聲。
男子把自己的妻子兼旅行搭檔的女子，介紹給我們認識。
「哇~可愛的攝影師！」
女子微笑地說道。我們也感受到，在我們後面那群村莊的男性，對她那豔麗的臉龐露出色瞇瞇的表情。
「我說老公，旅館的人問我晚餐要吃肉還是魚，我覺得兩種都點似乎不錯。」
「那麼，我兩個都要好了！」
「我就知道你會這麼說，那我去跟他說囉。還有，等晚餐準備好了，我會來叫你，你就慢慢聊

「復仇之國」
—Savior—

吧。」

然後那名女子，又吻了一次男子，並對村民送了一個玩笑般的秋波，隨即就進旅館了。

男子露出難為情的笑容說：

「哎呀~真不好意思。無論我們到哪個國家，她都是那個樣子。」

「你的太太好美喔——你們在一起旅行很久了嗎？」

「不，我們『兩個人一起旅行』並沒有很久，差不多才四個月左右。」

他說「兩個人」，表示之前也旅行過嗎？

芙特提出這樣的疑問，雖然她看起來迷迷糊糊的，其實這傢伙的觀察力很敏銳呢。

男子彷彿刻意讓其他村民聽到似的，告訴我們有關他個人的事情。

他有一個長自己十五歲的堂兄。

那個堂兄跟他的妻子是旅行商人。兩人開著卡車離開祖國，採購大量的珍奇商品後，回國販賣賺錢。

由於從小就聽過堂兄的各種事蹟，因此非常嚮往國外的生活。於是男子鍛鍊身體，並且磨練射擊與格鬥的本領。然後，在十七歲的時候頭一次被允許跟他們同行。

然後他們三個人的買賣行為，持續了大約六年。而他也磨練了駕駛技術與修理技術，還有敏銳的眼力，更加成長茁壯。

他跟妻子的邂逅，是在八個月前。

這是他們三人到遠方做生意，在歸途中所發生的事情。好像是剛好在草原上發現遇難的她。

她原本是某支旅行團的一員，但不幸遭到山賊的襲擊、綁架，最後甚至還把她丟下不管。

當衰弱的她，眼看著即將成為鳥類的食物時，剛好那三個人現身保護她，並一路照顧她，把她帶回國內。她非常感激三人的救命之恩，於是提出希望在他們底下工作的請求。

這時候，堂兄的妻子發現自己懷孕了。加上他們覺得錢也賺得差不多了，於是兩人決定不再當商人。

至於男子，他承接了堂兄的卡車，和這名女子繼續做買賣，經過短短的三個月，就賺到相當多的錢。

同時——

「你們兩人墜入情網了對吧！好棒喔！」

「復仇之國」
—Savior—

「沒、沒有啦……」

因為芙特把話講得太直白，男子變得更難為情。然後——

「這、這個嘛，剛開始我向她告白卻被她拒絕……因為她說她的年紀比我大很多，長得一點也不漂亮……」

「咦？她長得不漂亮嗎？」

「以前長得不一樣……」

哎呀。原來如此，是這麼回事啊。

「什麼？」

芙特露出對那回答感到意外的表情。於是男子把音量壓得相當低，彷彿刻意不讓村民們聽到似的，只對芙特這麼說。

「她啊，呃……這個嘛，她並非全然是個美女。老實說，她長得的確不漂亮。她本人似乎一直相當在意這件事。因為我的國家，醫療技術非常發達……所以就動手術改變了她的長相。」

「咦咦？那、那種事情辦得到啊……？」

芙特一副不敢置信的樣子，但還是小聲反問男子。

是可以做出來的喔。

原來那就是讓我感覺格格不入的原因。她的臉，實在太過端正了。無論是眼睛或鼻梁，都太過立體。彷彿是個製作精美的人偶。

男子對芙特簡單說明了美容整形手術的事情，明確地表示她接受了那個手術。

雖然他不在乎女子長得醜，但既然本人渴望動手術，於是說出自己喜歡什麼樣的長相。她用她自己賺來的錢，接受手術把臉變成那個模樣，這就是她為什麼會變成現在這種，變身為宛如人偶般美女的原因。

「這、這樣啊……」

對芙特來說應該相當無法理解吧，不過，這表示世上也有那樣的愛呢。

於是兩人結婚了。他們思考接下來要怎麼生活，決定暫時出來旅行。原本似乎是她提議的，但他也二話不說，爽快地答應。

就這樣，兩人準備好可以長途旅行用的車輛，懷抱著度蜜月的心情周遊列國。有時候也會做做生意，沿路賺一些旅費。

「復仇之國」
—Savior—

「哇～好棒喔！謝謝你告訴我這麼棒的故事！」
「不客氣，對了！既然妳是攝影師，可以請妳幫我們拍照嗎？這是委託妳的工作喔。」
「這是我的榮幸！」
哎呀。
就這樣，原本只是單純出門當看熱鬧的民眾，卻接到一件工作。

隔天上午，我跟芙特再次前往旅館，拍了許多那兩個人跟車子的照片。
因為天氣晴朗，可說是絕佳的攝影日。
隨後芙特馬上把照片沖洗出來，又隔一天，把照片送去給準備離開村莊的他們。他們倆非常滿意那些照片。
而且，芙特還發揮她的創意。
「我還試著做了這個。」
她把兩人開心歡笑的合照，沖洗成約指尖大小的照片交給他們。
兩人對這超小的照片感到奇怪，於是芙特向他們說明。
「有一種『照片盒墜鍊』——可以將這照片放進像這樣，差不多這個大小又附有蓋子的墜鍊裡。為的是能夠隨時戴在身上。」

兩人都對這墜鍊感到非常開心。看樣子，他們並不知道這照片盒墜鍊的事。

由於這個村莊裡並沒販賣那種墜鍊，因此照片交給他們，請他們稍後到經過的大城鎮購買。

「謝謝妳……我們會馬上把它弄成墜鍊戴在身上的！」

男子顯得非常感動。

「來到這個國家，真的太棒了。」

男子最後留下這句話，然後跟「美麗的」妻子一起揮手道別，開著高大的車子離開了。

在天氣晴朗的天空下，沿著兩旁都是白楊樹的道路行駛，芙特笑咪咪的說：

「太好了呢——！照片果然是一種回憶呢——！」

這讓我不禁想要吐槽她。

「這個嘛，在他們離婚以前，應該會把那個墜鍊一直戴著吧。」

「復仇之國」
—Savior—

「你又說那種話了——愛情的力量是很強大的！」

「那是什麼意思？妳有證據嗎？」

「我沒有證據。而且，也不需要。」

「那是什麼意思？」

「他們倆奇蹟似地邂逅。非常重視對方。那兩個人，不管發生什麼事，都不會迎接悲傷的分離喔。」

「那是什麼意思？」

之後，芙特她樂天的言論，與我的吐槽仍持續下去。

嗯，雖然不知道那兩個人後來怎麼樣了，希望他們能珍惜放了那張照片的照片盒墜鍊。

最起碼在他們感情融洽的時候。

要是交惡的話——就丟掉吧，往海裡丟也行。

總之在變成那樣以前，希望兩位得到幸福。

＊　＊　＊

我的名字叫陸，是一隻狗。

我有著又白又蓬鬆的長毛。雖然我總是露出開心歡笑的表情，但那並不表示我總是那麼開心。我是天生就長這個樣子。

西茲少爺是我的主人。他是一名經常穿著綠色毛衣的青年，在很複雜的情況下失去故鄉，開著越野車四處旅行。

同行人是蒂。她是個沉默寡言又喜歡手榴彈的女孩，在很複雜的情況下失去故鄉，後來成為我們的伙伴。

這是發生在某一天的事情。

「如果考慮移民的話，我認為那個國家是最棒的。」

在湖畔遇到的商人，對持續旅行的我們那麼說。

那裡是從山上流下來的清水累積而成的大湖。

「復仇之國」

—Savior—

這是與山岳遠遠相對，周遭環繞著綠意的藍色湖泊。是一處景色非常美麗的地方。不僅有一釣就上鉤的魚，飲用水也十分容易取得，以營區來說，再也找不到條件這麼好，讓人不禁想定居的地方了。

不過，這裡之所以適合居住，是因為正值盛夏的關係，到了冬天似乎會變得相當寒冷。聲稱每次經商都會順便來這裡，讓身心好好休息幾天的商人團一行人，是與我們擦身而過時認識的。

基於休息與維修越野車的原因，於是跟他們一起在這裡共同生活了三天。

蒂的釣魚技術雖精湛，不過一名同樣喜歡釣魚的商人，教了她一種叫假餌釣法的全新釣法。把長得像小魚的魚餌，或是假餌遠遠拋出，再用裝了叫做捲線器這種捲線工具的釣竿，一邊捲一邊移動。讓誤以為那是餌的魚，緊緊咬住不放的方法。

這種釣法，好處是不需要魚餌。只要拋出假餌的位置夠準確，能吸引不少魚兒上鉤。雖然這種釣法需要某種程度的技術，但比起蒂的絕招——用手榴彈的衝擊讓魚兒斷氣這種釣法，就各種層面來說溫和許多。

西茲少爺他們向商人們借了橡皮艇來到湖面上，垂釣的成果相當豐碩。那天釣到的魚一部分經過美味的烹調後吃掉，另一部分則是商人之中的女性抹了鹽之後拿去曬成魚乾。

時間就像這樣平靜地流逝，西茲少爺詢問了商人他們，這前面是否有讓人想移民，而且願意接受這方面申請的國家。

「如果考慮移民的話，我認為那個國家是最棒的。」

然後聽到有人說了這麼一句話。

商人介紹的，是從目前所在位置往北穿過山岳地帶後的某個國家。

那是建立在深山谷底的一個很小很小的國家。人口雖少，歷史卻很悠久。因為生產可以在其他國家高價販賣的石藝品，對商人們來說是很有魅力的國家。

為了減緩人口減少的速度，移民條件似乎相當寬鬆。但相反的，國內的法律非常嚴峻，但少有不合理的事情發生。

那個國家沒有死刑，取而代之的是放逐國外這項罪刑。

對大部分的人來說，放逐至國外根本就等於死路一條，但西茲少爺應該沒問題吧。話雖如此，也不能在國內想做什麼就做什麼。

「復仇之國」
—Savior—

「我知道了，謝謝你提供的資訊。那麼，我們就到那裡看看。」
西茲少爺如此說道，決定了我們前往的目的地。

道別商人們以後，我們朝險峻的山路前進。
由於道路相當崎嶇，路面也有不少落石。西茲少爺偶爾得下車用鏟子把岩石鏟下山谷。
「需要我，幫忙嗎？」
單手拿著手榴彈的蒂說。
「那個，留到更需要人手的時候再用吧。」
西茲少爺拒絕她的幫忙，繼續流著汗拚命鏟石頭。
越過山嶺後，道路也變寬了，越野車飛快地狂飆。然後，離開湖泊幾天後的早上，我們終於抵達那個國家。
那是以石砌的城牆把山谷圍起來，正如商人所說的，是個小巧的國家。從遠方眺望它的模樣

「那裡，或許將成為我們的新住處，真令人期待呢。」
「的確很期待呢，西茲少爺。」

「嗯。」

接著我們為了入境，慢慢地接近——

然後，我們看到堆積如山的屍體。

「這是，怎麼回事？」

城門呈現半開的狀態。大概只夠車身較低的車輛可以通過。幸好，那個高度足以讓我們的越野車通過。

「這到底是怎麼回事？」

但我們絲毫不覺得我們能馬上通過那道城門。

因為，地上躺了許多曝曬在夏季朝陽下的屍體。

從他們身上風格一致的服裝來看，應該是這個國家的居民吧。無論男女老少，數十人的遺體就躺臥在城門附近。

他們看起來像是拚命想從國內逃出去，最後卻氣絕身亡。
「西茲少爺，這是？」
「陸，你保護蒂。蒂，如果到了緊要關頭，可以用這個。」
西茲少爺停下越野車，並把之前在某個國家得到的榴彈發射器交給蒂。
他會允許使用這個危險的武器，就表示事態相當嚴重。
「………」
蒂不發一語地點點頭，並接下那個榴彈發射器。
她「卡喀」地打開中折式的榴彈發射器，把一發可擊出硬橡膠的榴彈裝在裡面，並且關上保險。
雖然不會要人命，但那是能把人輕易轟飛的子彈。我知道蒂在想些什麼。只要發現到任何疑似敵人的人類，她會毫不猶豫地立刻射擊。
西茲少爺確認過腰際佩刀的位置後，接近屍體，並且蹲下來進行調查。
「是毒呢……真可憐……想必死得非常痛苦吧……」
西茲少爺喃喃說道。
每具屍體都露出苦悶的表情。

他們都睜大眼睛，露出在絕望中拚命掙扎，飽受折磨後死得非常痛苦的模樣。仰躺在地的屍體，口中還殘留著白沫。

光是我們附近就死了這麼多人，還有，完全沒有人在意那堆積如山的屍體，這就表示……

「裡面也……所有人全都……」

西茲少爺的喃喃自語應該是正確的。

「我們用走的進去。蒂，妳要緊緊跟在我後面。陸，你殿後警戒。」

西茲少爺十分明白，就算他自己一個人去，蒂也會跟上去，所以才那麼命令我。

「嗯。」

蒂輕盈地從越野車上跳下來，兩手捧著榴彈發射器，然後肩膀揹著裝了子彈與榴彈的斜背包，小步亦趨地追著西茲少爺。我則是在她後面持續保持警戒。

「我認為他們是被毒死的，所以不要碰任何東西。當然，也小心不要吃進嘴裡。」

「嗯。」

「復仇之國」
—Savior—

「我知道了。」

我們排成一列，走進過於安靜的國家。

然後，看到了感覺構造沉穩的歷史建築與石板路，以及——

堆積如山的屍體。

放眼望去，看不到任何活著的人。

我提高警覺，不放過任何細微的聲音與奇怪的味道，但什麼也沒發現。

西茲少爺試著走進其中一棟建築物。

「…………」

不久，沉默不語地搖著頭走出來。

我已經很久沒看到西茲少爺露出這麼悲傷的表情。

我不經意地看了招牌，建築物的旁邊有著非常可愛的文字。

「大家的兒童醫院，用笑容恢復健康的地方。」

上面寫了這樣的內容。

走了約一個小時，映入眼簾的淨是絕望。

目前所知道的，只有毒殺的方法。

西茲少爺說，看來這個國家的自來水，似乎是從山谷的上游引清水下來。國內架了用來讓水流通的小橋，連接到每戶人家的家裡。

而那些水似乎含了劇毒，起床後喝了那些水的人們，一個接著一個痛苦而死。

若是速效性的毒藥鐵定會被發現，因此使用的應該是緩效性、無味無臭，而且威力驚人的毒藥吧。

「怎麼辦？西茲少爺。要埋葬這些遺體嗎？」

我如此詢問，但也知道答案是什麼。就物理因素而言，只靠我們的力量應該無法做到那種事。因為根本無法估計究竟有幾千具屍體。

接下來氣溫將慢慢上升，屍體鐵定將開始腐敗。只要經過一天一夜，這狹小的國家，應該會變成腐臭味四起的地獄吧。

「只能離去、啊……」

西茲少爺喃喃說道。清晨原以為會找到期待的新天地，沒想到居然變成令人厭惡的墓場。這已

經——

「沒辦法了。」

蒂簡短說道。

我們離開吧。我吸了口氣，準備這麼說。

就在此時，隱約聽到了槍聲。

「唔！」

西茲少爺迅速跑了出去。

「…………」

蒂和我循著那個聲音追過去。

槍聲因為建築物引起的回聲不住作響。就我們所聽到的，似乎是從距離數百公尺遠的地方發出的。沒有第二發的聲音。

「抱歉。」

西茲少爺一邊跨過到處躺在地上的屍體，一邊這麼說。

然後，我們一度在疑似開槍地點的前方轉角處停下來，小心翼翼地從轉角探頭窺視前方的狀況。

西茲少爺一直探頭窺視，我也從他的下方探出了頭。蒂則是從西茲少爺與我之間探出頭。

然後，我們看見了。

看見在死屍遍布的大馬路上，一名男子的背影，他的手上拿著散彈說服者。

他的對面，大約距離三十公尺左右的位置，站了一名如人偶般美麗的女子。

「為什麼！為什麼要做這種事情！」

男子大喊。

單就他的背影與聲音判斷，似乎是二十幾歲的年輕男子。因為經過鍛鍊的體格，使得他手上的散彈說服者看起來變小了。

剛剛那個槍聲，應該是他對空鳴槍吧。

「大家都死光了耶！全死光了！」

男子持續叫喊著。

「妳就是為了做這種事，才買那個『毒藥』嗎？農藥不是用來拯救被害蟲所苦的國家裡面的農民的嗎？」

連正在窺視的我們，也了解那些話的意思。

那對男女互相認識。很可能是夫婦或情侶，而且是旅行者。比我們先入境這個國家。

然後，那個美麗的女子，在這個國家的自來水中下了毒，所有人都死了。

發現這件事的男子，現在正在詰問那名女子。

「已經結束了。好了，我們離開這個國家吧。」

女子說的話，宛如「血拼完了，離開這家店吧」——那種感覺。

「為、為什麼——！」

男子一邊流淚一邊大喊。並且「唰喀」地滑動散彈說服者的槍機，空彈殼從右邊彈出，繼續裝填下一顆散彈。

男子把散彈說服者瞄準女子，並且大叫。

「為什麼要那麼做——！」

女子沒有回答他的問題，依然維持著美麗的面容說：

「對了，我們是不是該拿一些能賣錢的東西呢？如此一來，就可以在下一個國家販賣喔，老公。」

「為什麼————！」

舉起說服者的男子，身體微微顫抖著。從我們這裡看不出他的手指是否扣在板機上。

只不過，散彈說服者仍然瞄準著女子。散彈只要一射擊，子彈就會整個散開，無論如何女子都會中槍吧。

這時候女子把手指伸進脖子，拿出什麼東西給男子看。

連接著細鍊的那個東西，並不是武器。結果她掏出來的，是一個小小的墜鍊。

那是一個心形的銀色墜鍊。女子把那個墜鍊舉高到眼前，鍊墜左右開啟，那應該是蓋子吧。然後，她先自己看了那個墜鍊，幾秒鐘後，把它對著男子。

因為那墜鍊太小了，裡面放了些什麼，我們當然看不見。不，視力不錯的西茲少爺或許看得見吧。

女子美得很不自然，只見她靜靜地微笑著。

「我愛你，老公。」

「唔……哇啊————！」

「我想做的事情，已經結束了。就算死也沒關係。」

「…………」

「可是，我真的很愛你。如果，你還願意接受我的話，我會一直陪在你身邊，直到死去為止。」

「…………」

「如果，你拒絕的話——就開槍吧。能夠死在你的手上，我無怨無悔。」

「為……為什麼那麼做……為什麼，要殺死這個國家跟我們毫無關係的人……」

「就算對你來說是毫無關係，但是我有。就是這樣而已。」

我覺得，愈來愈了解是什麼狀況了。

我小聲地對西茲少爺，還有蒂這麼說：

「那個女的，該不會是過去曾經被放逐到國外？而那名男子在不知情的情況下收留她，然後把她帶到這裡。」

西茲少爺點點頭。

「對國家復仇啊……可是，再次入境的時候應該可以從她的外表辨識出來啊……」

的確沒錯。

既然受到等同死刑的處分，應該無法輕易再次入境。但那兩個人，恐怕是經過正式的手續，正大光明地入境才對。真的是個謎。

「老公。」

女子繼續說道。

「不管你怎麼做，這個國家的人也無法復活。」

這的確是無法否認的事實。

「…………」

男子一直沉默不語。

「如果你還是無法原諒我，就開槍吧。一切由你決定。」

「…………」

「復仇之國」
—Savior—

男子跪在地上。說服者掉在石板地上，發出悶悶的聲音。
女子慢慢往前走，一步步地接近男子。
「看夠了，我們走吧。」
西茲少爺小聲說道，並且往後退。
「…………」
蒂不發一語地跟在他後面，我則是在後面追著他們兩人。
我了解西茲少爺的想法。
他應該無法原諒虐殺無辜居民的女子吧。而且，她還奪走了我們移民的希望。
不過，如果西茲少爺在這時候殺了女子（應該是輕而易舉吧），事情會演變成什麼樣子呢？
根本就於事無補。
不僅沒有人會復活，我們也無法移民。那不過是毫無意義的殺戮。
那名女子，把一切都委託給自己的丈夫。
所有一切，都是他們倆決定的。
正當我們再次穿過城門，回到越野車前面的時候。

遠處傳來了槍聲。

聲音雖然微弱，但聽起來很熟悉。是那把散彈說服者的聲音。

槍聲只有一響。

「我們走吧。」

西茲少爺坐上越野車，我也坐上副駕駛座。蒂也上車了，並且把榴彈從榴彈發射器退出來。然後，將下巴抵在我頭上。

「走吧。」

越野車的引擎發動，迅速往前衝，城牆也跟著被拋在後頭。

後來沒聽到第二聲槍響。

最起碼，我們都沒聽到。

第八話
「金錢之國」
—Easy Money—

第八話「金錢之國」

—Easy Money—

在大雨滂沱的森林裡，有一棟原木屋。

那是用粗大的原木搭建而成的小木屋。

景色因大雨而顯得朦朧，但看得出那是被森林所環繞，面向細長的道路，旁邊還有農田的一棟房屋。

在略微昏暗的室內，有兩個人。

一個是把銀髮盤起來的老婆婆。她的背挺得很直，穿著看起來身形苗條的長褲與襯衫。

另一個則是留著一頭長髮，年約十二、三歲的女孩。身穿有點寬大的連身洋裝。

在她們並排而坐的餐桌上，鋪了一塊很大的布。布是灰色的，而且到處都有油漬，任誰看了都不覺得那是一塊桌巾。

「那麼，我們開始吧，奇諾。」

「了解！師父。」

被稱為師父的老婆婆，與名為奇諾的女孩開始做的事，並不是用餐，而是維修檢查說服者。

老婆婆首先從腳邊的木箱裡，拿出小型的掌中說服者，並且一下子就把它拆解了。

「那麼，麻煩妳了。」

她檢查完零件，零件維持散亂的情況，擺在奇諾面前。

「好的。」

接著奇諾用刷子跟布，仔細擦拭那些零件，上油之後一一組回去，最後再拿給老婆婆看，讓她檢查一遍。

「不錯呢。」

獲得老婆婆的許可後，把掌中說服者收進空木箱裡排放好。

就這樣，奇諾以流暢的作業程序，拆解、清理、檢查總數三十挺的說服者。

「今天，來說說『金錢之國』的故事吧。」

正當奇諾迅速俐落地動著她的手時，老婆婆如此說道。

奇諾並沒有停下正在組裝點二五口徑自動式掌中說服者的手，直接詢問老婆婆。

「金錢之國，是嗎？是指有很多錢的國家嗎？」

「是啊。在那個國家，曾經有很多錢呢。」

「我會聽到那個國家的傳聞，是某一年的冬天，在草原護衛商人的時候。臨別之際，商人告訴我這個情報當做特別的酬勞。他告訴我們，我們接下來走的路線，『有個收集金錢的國家。不管哪個國家的貨幣都行，儘管帶過去沒關係』。」

「這樣啊～那是在做買賣的國家，對吧？」

「是的。可是，想要『其他國家的貨幣』這一點，引起了我的興趣。」

「為什麼呢？師父。」

「因為，所謂的貨幣，基本上只能在該國使用而已。」

「原來如此……那麼，那個國家即使擁有外國的貨幣，也沒什麼意義呢。」

「當然啦，也有把『黃金』或『白銀』等有價值的貴金屬直接用來做為貨幣，但那個國家卻連非貴金屬的硬幣與紙幣都想要。而且，只要是貨幣，什麼貨幣都沒關係，面額不限，也就是不管多少錢都不在意。因此我跟旅行搭檔決定走一趟看看。」

「你們身上有帶錢嗎？」

「有啊。在某個其他國家，物價不斷地飆漲，不斷印製鈔票。所以，出現了價值宛如紙屑一般的紙鈔。我們用在荒野狩獵到的動物血肉與毛皮交換，得到了大量畫有許多零的紙鈔。我們盡可能把紙鈔堆滿車內，然後載到那個國家去。」

「結果是個什麼樣的國家呢？」

「那是一個幅員相當遼闊的國家，土地淨是岩石。而且跟其他國家相距甚遠，孤立在一處，讓人不禁心想：有誰會到這種地方來啊？可是，商人們的卡車卻頻繁地與我們擦身而過。而且入境以後，果真如傳聞所言。」

「那麼，真的在收集貨幣嗎？」

「是的。那個國家，總之就是拚命收集貨幣。無論是國民，或是票選出來的領導人，都把收集貨幣當成活下去的理由。」

「不過，他們也必須用什麼東西交換貨幣吧？」

「那是當然的。在這個國家，有著從大地挖掘出來的珍貴物品。」
「那是什麼樣的珍貴物品呢？」
「像是很久很久以前的人們使用過的道具、服裝、機械等等。在領土遼闊的國內有一處大洞穴，而且挖掘得愈深，似乎愈能發現各式各樣的物品。就這樣，國民拚命挖掘洞穴，然後跟拿貨幣來的商人做交換。而國家會從那些貨幣收入之中徵收一定比例的稅金。」
「原來如此……可是他們，拚命累積貨幣到底想做什麼呢……？」
「我們也問了這個問題，結果──」
「結果怎樣……？」
「他們是這麼說的。『這是為了擺脫「窮國」的稱號，因為我們想成為富翁』。」
「『富翁』是嗎？那的確是成為富翁了呢……可是正如我前面所說的，擁有無法使用的貨幣，根本沒用不是嗎？」
「妳說得一點也沒錯呢，奇諾。」
「所謂的富翁……他們擁有大量的金錢，能大把大把的花，還能買自己喜歡的東西對吧？」
「我也是這麼認為。」
「那麼……？」

「好了，奇諾。千萬別停下妳正在組裝的手——我也覺得很不可思議，於是找了曾待過國外的人，偷偷地……問了同樣的問題。」

「待過國外，而且還得偷偷問，這是為什麼呢？」

「如果那個人直接對國家的方針唱反調，就算遭到排擠那也是沒辦法的事。」

「原來如此……我充分了解了，師父——這麼一來，那個人怎麼說？」

「他告訴我們『原因在於歷史』。聽說那個國家，以前非常窮困。根本沒有人注意到國內有像現在這樣，只要挖出來就很熱賣的東西。因為沒東西可賣，所以很窮困。大家都是靠自己在國內製作的食物，好不容易才活了下來。根本就沒有從其他國家買進什麼那樣的產物。」

「那些交換的東西，是從土裡面發現到的對吧？」

「沒錯。有一天，人們發現在這個國家的地底下，沉睡了許多古時候的遺物。於是他們決定挖出來賣給其他國家。然後，開始賺取金錢。」

「可是為什麼呢？就算他們拿了其他國家的貨幣，也只能在那些國家使用啊。他們大可以交換什麼方便的道具，或是美味的食物之類的。」

「妳說得一點也沒錯，但那個國家的人們，似乎完全陷入一種迷思。他們認為，『只要有錢就會幸福』。所以，總之就是『換錢！換錢！』，於是開始收集金錢。」

「原來如此……」

「實際上帶給人們幸福的，並不是累積下來的金錢。而是自己能夠隨心所欲使用金錢這件事。」

「沒錯。」

「我詢問的那個人，恰巧對那樣的祖國大感不滿，正準備要逃出去。他坐上準備離開這個國家的商人所駕駛的卡車。他揮著手離開了這個國家，不曉得後來怎麼樣了呢？」

「希望他能夠過得幸福。」

「是啊。順便一提，我用價值不高的紙鈔，換得了挖掘出來的人偶。而且是大量的可愛女生人偶。因為是塑膠製成的，都不會腐壞呢。後來我把那些人偶拿到其他國家販賣，也賺到不少錢，於是又能夠繼續旅行了。」

「師父，那個『金錢之國』，不曉得現在變成什麼樣子了？」

「這個嘛，我也不知道。因為我後來再也沒去那個區域。只要他們能夠從地下挖掘出什麼，或許就會持續拚命收集金錢呢。不過，一旦東西挖光了，到底會變成什麼樣呢？」

＊　＊　＊

「師父曾經告訴我這樣的故事喔，漢密斯。」

「原來如此，那就是我們現在在地平線看到的國家嗎——」

奔馳在淨是岩石的大地，奇諾與漢密斯如此對話。夏季遲來的夕陽，正準備出現在頭上那片廣闊的天空。

「從那個時候開始，我就一直很想知道那個國家後來變成什麼樣子。今天終於讓我找到了。差不多快到了喔。」

「我看妳好像很開心呢～奇諾。照理說我們可以先在附近的國家打聽消息的，但是妳卻故意不接收任何資訊就直接前來。妳根本就是假行家呢～」

「……是『明明不懂還裝懂』嗎？不對，那樣我就不懂你的意思了。」
「對，就是那個！沒錯吧？」
「算了。那個國家似乎還存在，只要入境就馬上知道現在變成什麼樣子了。」
「奇諾妳預期會是如何呢？」
「嗯——『能挖掘的東西已經挖完了，他們也發現光是收集金錢一點意義也沒有，於是又像以前那樣過著悠閒的生活』——會不會是這樣？」
「那不正是妳所希望的嗎？」
「可以那麼說。漢密斯預期的呢？」
「這個嘛——『能挖的東西雖然挖光了，但他們還是很想要金錢，所有人感到非常非常不甘心而痛哭，結果城牆裡面形成一座巨大的湖泊，使得大家每天游泳過度，把手臂跟雙腳都鍛鍊得很發達』——會不會是這樣？」
「嗯，不會是那樣。」
「妳要賭多少？」
奇諾與漢密斯逐漸接近城牆。
然後，隨著距離拉近就看得愈清楚。看見那高聳的城牆，與巨大的城門，還有排在前面的卡車行列。
卡車是旅行商人的東西沒錯，那應該排了十輛以上吧。
「真教人訝異。想不到有這麼多商人來這裡，看來還有什麼『可賣』的東西呢！」
漢密斯說道，奇諾也點頭回應。
「可能性是什麼呢？難不成發現到其他『礦脈』？」
「如果是那樣，又會繼續收集金錢吧？」
奇諾與漢密斯好不容易來到了城牆邊。
在城牆邊迎接奇諾與漢密斯的，是等待入境審查的商人們組成的長長人龍。
「是旅行者啊！正如妳所看到的！我跟你們都不知道，是否能在今天之內入境呢！」
聽到中年的商人這麼說，奇諾她很乾脆地回答：
「似乎是這樣呢。到時候就在城牆外面搭帳篷睡覺。」

然後——

「如果不介意的話請告訴我，這麼多商人造訪這個國家的理由。」

「怎麼，妳什麼都不知道就跑來嗎？真是個好奇心十足的旅行者呢。好啊，我就告訴妳，當做是打發時間。」

商人邀請奇諾他們到自己卡車旁邊的桌子坐下來。

奇諾把漢密斯立在旁邊，然後坐在椅子上。商人倒茶給奇諾喝，她跟往常一樣，仔細問過是什麼茶以後才開始喝。

接著商人開始說話。

「這個國家啊，最近擁有許多鄰近國家已經看不到的物品喔。」

「那些是，在這個國家挖掘出來的東西嗎？」

當奇諾這麼問時，商人搖搖頭並揮著手。

「不不不。那是好幾十年前，我爺爺還是商人時候的事情——對了，旅行者。倒是妳，年紀輕輕的還真清楚這個傳聞呢。」

「我是聽年老的旅行者告訴我這個傳聞的。」

「原來如此——可是，現在不一樣了。帶著道具與服裝到這個國家的我們，以物易物帶出來的是……」

「是的，那是什麼？」「嗯嗯，那是什麼？」

奇諾與漢密斯發出期待的聲音。

「是『金錢』喔！」

「什麼？」「什麼？」

奇諾與漢密斯異口同聲地反問。

「是『錢』！大量的硬幣與紙鈔喔。」

「…………」

奇諾不解地歪著頭。

「為什麼——？怎麼回事？」

漢密斯出聲詢問。商人洋洋得意地告訴他們。

「我想旅行者們應該有聽過傳聞吧？這國家在過去，是收集大量『金錢』的『金錢之國』！他

們用挖掘出來的物品，向鄰近的國家收購硬幣與紙鈔！沒錯！這國家的人們舉國都是『金錢收集者』！是世間罕見的『貨幣狂』喔！」

「…………」

此時漢密斯代替不發一語的奇諾回應。

「嗯嗯，然後呢？」

「這個國家的人們，後來還讓大量收集來的硬幣與紙鈔，保持在非常良好的狀態。相信嗎？想不到幾十年前的硬幣與紙鈔，能保持得像新的一樣！」

「這個嘛，還真不普通呢。錢只要被人使用過後，絕對會受損呢。」

漢密斯答道。

「對吧？這個國家的人們擁有超驚人的收集魂！硬幣完全沒有霧化的狀態！紙鈔則保持幾乎沒有皺摺的狀態喔。而且實際上有各種不同的貨幣。其中還包括處於通膨狀態的國家，大量印刷有許多零的『珍奇』紙鈔。那麼久遠以前的『錢』，現在任何一個國家幾乎都看不到！而且——」

「而且什麼？」

「這附近的國家，已經沒有人使用現金了！由於電子儀器的發達，只要輸入自己想使用的金額數字並蓋上指紋，就能付款了。只要工作，金額數字就會增加。」

「然後呢？然後呢？」

「對開始過那種生活的人們來說，『金錢』是過去的東西，現在淨是一些出生後沒看過那個的人們。那些人一聽說幾十年前使用的『金錢』不但有現成品，還如同新的一般，當然會想得到手啊！」

奇諾確認似地詢問看似開心的商人。

「於是，商人們跑來這個國家收購對吧？」

「沒錯！這個國家的人們，可能是不想再過收集者的生活吧，因此願意用以物易物的方式賣『錢』給我們。當然，因為卡車一趟能夠順利搬運的數量受到限制，所以對每個國家而言，『錢』還是稀有品，只要能運送到該國，就能夠高價販賣喔！」

開心的商人說到這裡，卻突然露出不可思議的表情。

「可是啊……這個國家的人們有點……不，是相當奇怪呢。因為我們還在城牆外，所以才能說這些。」

「你說奇怪是指？」

「不是啦，因為『金錢』可以高價賣出，我覺得他們大可以提高售價。像現在是以物易物的方式，也可以說『給我們更多的服裝與糧食』之類的。」

「可是，這個國家的人們並沒有那麼做對吧？」

「就是說啊……那些人，事實上並沒有什麼欲望。他們還說『每天生活過得去就夠了。如果其他國家的人們看到「金錢」而感到開心，那就夠了。儘管拿去沒關係』？就我的立場來說，我可是一點也不相信喔。也曾經推測是不是有什麼內幕，但似乎並不是那樣……看樣子，出現了像他們這麼沒有欲望的人類呢。舉國『不需要金錢』，這太扯了吧。」

奇諾當著滿臉訝異的商人面前，看了一眼漢密斯。

然後，對商人如此說道。

「你說的那些話我無法馬上就相信。而且，更加讓我想要進去裡面確認看看了。」

第九話
「我的戰爭」
—Lone Sniper—

第九話「我的戰爭」
—Lone Sniper—

「擊出一發後必須立刻移動，待在同一個地方進行狙擊的傢伙是活不久的。」

為了遵守那個教誨，我迅速一個翻身。離開窗戶，衝出房間，衝下樓梯。雖然發出誇張的腳步聲，但那也是沒辦法的事。

這棟公寓，至今仍住了不少人。雖然跟被斷電的廢屋沒什麼兩樣，宛如堆滿垃圾的空間，但還是有人被迫只能住在這裡。

他們並不是我的敵人——但要說絕對是站在我這邊，那也無法保證。敵方士兵已經來到這棟建築物。

「喂！有沒有看到什麼可疑的傢伙？」

要是他們這麼逼問，居民或許就會老老實實地說出來。如果用暴力威脅就更不用說了。

我一邊減慢下樓梯的速度，一邊把說服者收進後背包裡。

我那一次又一次在生死邊緣穿梭的搭檔，不久前還為我做了一件漂亮的工作。在對方沒有發現的情況下，射穿了呆站在通道上的敵兵心臟。

實際上負責工作的是子彈。幫忙把子彈推擠出去的是火藥。但是讓火藥發揮作用的，還有槍管與負責瞄準的瞄準鏡。

我把搭檔稱為「卡隆」，那是我之前不知在哪本書上看到的神明的名字。老實說我對那個神明不是很了解，似乎是地獄的擺渡者。身為讓可惡的敵兵死亡的工具，沒有比這名字更合適的了。

而「卡隆」，原本是每開一次槍，就得手動退彈殼與填裝子彈的手動步槍。口徑是七釐米。有著木製槍托，全長將近一公尺。

我把它改造成在巷弄戰也能方便使用。

我把槍托在手握的前面位置分成兩半。為了讓「卡隆」緊壓在肩膀上，在槍栓最後面的邊緣，硬是裝上墊肩用的金屬板。然後在主體幾乎是槍管的「卡隆」的中央部分，加裝可以用右手穩住它的握把。

扳機一樣是在後面，靠右手手指當然無法操作。於是我手肘朝右肩彎，用較近的左手大姆指扣

扳機。只不過，用「按壓」當然不容易射擊，但我還是靠練習克服了。

對於狙擊，我幾乎是以穩定的姿勢開槍。有時候趴在地面，有時候讓說服者靠著什麼物體射擊。透過多次非實彈射擊練習累積的經驗，讓我練就出毫不遜色的命中率。

狙擊用的瞄準鏡，位置跟以前比起來當然偏離許多。因為我把嵌住瞄準鏡的金屬軌道焊接在槍管上。在正常瞄準鏡所在的位置，加上了護臉具。

而且，也下了點工夫消除過度吵雜的槍聲。

消音器、滅音器，抑或是抑制器，管他什麼名字都無所謂。總之「卡隆」的槍管前端，就安裝了圓筒狀的金屬管。

首先，把腳踏車輪框的細鐵管經過加工，讓它上面開了許多小孔。接著捲上耐熱的石棉，外側則是用汽車的排氣管覆蓋起來。

如此一來，槍聲就會大幅度變小，聽到「噗咻」這有如漏氣的聲音，應該任誰也想不到是說服者的槍聲吧。

就這樣，「卡隆」脫胎換骨成為巷弄戰用的優秀狙擊武器。

我把戰鬥的搭檔收進後背包裡。

這個後背包，是這附近的勞工常用來放整套工具的後背包。重新把它揹起來以後，我一邊穩定自己的呼吸，一邊走出後巷。

至於對面的街道，這時候那些伙伴被殺的敵軍們，應該正臉色大變地尋找狙擊地點吧。但是，才沒那麼簡單讓你們找到。因為，我攻擊的敵軍不斷地東張西望，完全冷靜不下來似地，過度變換身體的位置。

如果是優秀的士兵，在監視的時候不會變換面對的方向。這麼做的話，就算遭到狙擊死亡，也可以讓伙伴從槍傷得知是從哪裡遭到射擊的。

但我常常看到他們因為中槍的衝擊力道，往前踉蹌了一兩步，或是整個人跳動到倒地為止。所以，他們倒地的方向並不一定。總之，只能夠靠中槍時所朝的方向與槍傷，判斷子彈發射的地點。

這就是所謂的，死亡訊息。

現在他們那些伙伴，完全摸不著我從哪裡開槍，還得跟接下來可能會有子彈隨時飛來的恐懼感戰鬥而東奔西竄吧。

至於我，則是面帶微笑，混入人群之中。

這個國家自從被敵人占領之後，時間過得好快——已經過了七個月。

原本地處遠方的大國，不斷吞併好幾個小國。有時候是派大軍包圍、威脅，有時候是直接突破城門攻入。

想不到對方的魔掌也伸向我的國家，感覺好悲哀，因為祖國毫無招架之力。那些傢伙擅自決定這個國家「就歷史觀點來看屬於我國，是重要的一部分領土」，因此派軍隊駐守。我們在表面上成了「那個國家的市民」，但實際上只是變成奴隸。

經濟由他們執牛耳，眾人辛苦工作所得被那個國家吸收，國家原本就不是那麼富庶，這讓我們的生活變得更加貧困。警察系統被解散，改由敵軍們維持治安。人們的政治活動遭到禁止，也無法反抗敵軍，甚至對未來不抱持任何希望，人們只能在這種情況下活下去。

但是，我不一樣。

曾經有人這麼說，說有對抗他們的手段。那就是游擊活動。平常假裝順從的普通市民過生活，一逮到機會就教訓那些傢伙。

有些人往敵人的卡車投擲炸彈，有些人則是取下爛醉如泥的敵軍首級，有些人則會在咖啡店送上來的咖啡裡，偷偷加入劇毒。

至於我——則是像這樣進行狙擊，折磨那些傢伙。

在我成長的村莊，狩獵非常盛行，這種形式的步槍與子彈也都很常見。無論那些傢伙再怎麼努力，要全部取締是不可能的事。

我把「卡隆」跟子彈藏在後背包裡，不定時的往首都跑。我的裝扮跟外出工作的勞工一樣，假裝成無精打采且看起來無害的年輕人。萬萬沒想到後背包裡竟然藏了狙擊用步槍的敵軍們，都不曾對我進行搜身。

我只要在街上發現正在進行監視的敵軍，就會找尋狙擊地點。有時候是從棄置的卡車下方，有時候是從學校的屋頂，有時候是從灌木叢裡，有時候是從汽車的後車箱——我對他們展開狙擊，然後也得到了「戰果」。

我已經幹掉九個人。或許有一天，我也會遭到逮捕，接受拷問，然後迎接被處死的日子到來。

但是，國內的伙伴們，應該會讚揚那樣的我吧。然後，會跟隨我的腳步繼續走下去吧。

我混進面帶倦容的居民們之中，然後強忍住直湧上來的笑意，搭上離開城鎮的巴士。

九天後——

我再次前往首都。為了幹掉在這個國家橫行霸道的敵軍。

在正式動手以前，我一直假扮成寡言木訥的農村青年。在村裡的農場，我每天過著進行農具與機械修繕作業的生活。其實，我並不討厭這種單調的工作。如果沒有特殊必要，不需要跟任何人說話，這對我來說也輕鬆不少。

清晨與傍晚的時候，我會進入森林，用小口徑的步槍獵殺大老鼠，把牠拿來吃或是拿去賣。這個村莊的大老鼠，外表看起來雖不怎麼樣，但味道卻不輸給任何動物。

還有，雖然名稱加了個「大」字，終究還是老鼠。牠的體型只有狐狸那麼大，而且動作迅速。為了射穿這個敏捷又小巧的目標，讓我的射擊本領得以精進。而那個本領，也在送敵軍下地獄這部分充分發揮作用。

這是出發到首都前一天晚上的事情。母親難得來到我住的小屋。我住在跟主屋有段距離的小屋裡。雖然我們母子倆平常很少說話，我以為發生了什麼事而問她來找我的理由，結果她問我「你放假的時候都往首都跑，到底去做什麼」。

我騙她說「是去找薪水較高的工作」，母親說「若是那樣就好」，然後就離開了。

該不會她開始懷疑我的行為了？她發現到了嗎？知道我每次去首都的時候，都有敵軍死亡這件事？

不，我想太多了。她不知道比較好。她最好別知道我為了這個國家的未來，正在孤軍奮戰這件事。要是我被敵軍逮捕並且判刑，母親與這個村子的人們，只要表示訝異「想不到那傢伙會做那種事情」就好了。

我孤軍奮戰，然後哪一天，孤獨地死去。

我把「卡隆」放進後背包裡，然後，搭上早上第一班巴士。

我假裝來找工作，走在首都裡。

像我這樣從白天就到處晃的傢伙還相當多呢。因為占領後的不景氣，使得失業率整個飆升。

儘管如此，仍然不斷壓榨我們的敵國，愈來愈沒有心要把這個國家當成自己國家的一部分經營。他們只是盡可能壓榨，從祖國引進大量的勞動人口並加強控制體制，試圖完全掌握我們吧。若

真的讓他們得逞，想要回復祖國過去的模樣，是永遠不可能的。

所以，像我這種憂國戰士，就得豁出性命挺身戰鬥。即使步伐很小，只要一步一步慢慢前進，最後也會成為反擊的號角。只要所有人選擇不惜犧牲性命也要一戰這條路，就能把那些傢伙全部殲滅。

我是在城市裡尋找獵物的獵人。成為我的目標的敵軍，隨處都看得見。

在大街的十字路口，他們手持誇張的自動連發式說服者加強警戒。從他們的臉上看得見緊張的表情。我想也是。因為自己很可能忽然間被射殺身亡。

而我，則是尋找絕佳的狙擊地點。首要條件，當然是要在射程以內。距離愈近當然愈容易命中，如果是在四百公尺內，我有自信能命中目標的身體中心。

但是方便逃跑，還有容易混入人潮眾多的大街等等，也都是重要的條件。即使我遲早會死，但是在那一天到來以前，能殺多少敵軍我就殺多少。

若要求再細一點的話，就是瞄準鏡的光不會反射的逆光位置是最好的。今天的天空陰沉沉的，所以不需要太在意。

我緩緩走在街上。只要在傍晚的末班公車到站前，射穿一個人就可以了。時間非常充足。

首都到處都有架了屋頂的向下樓梯入口。那是地下鐵入口的遺跡。過去，首都曾經有地下鐵網絡。但是占領軍那些傢伙，害怕那會成為游擊活動的據點或路線，因此強制全面停止營運。

現在，只剩通往地下的樓梯，空虛地張著大口。樓梯雖然還可以往下走，但是沒有電源，途中還有牢固的鐵捲門擋住去路。

而且一旦下雨就會積水，甚至連個街友都看不到。現在只是單純的垃圾場。

若是有一天，把那些傢伙攆出這個國家，地下鐵是否就能再度復駛？走下那個樓梯，可以從其他樓梯走出來的日子是否就會到來？

夢想著那種未來的我，今天依然要幹掉那些傢伙。

中午。

我坐在完全寂靜的中央公園的長板凳上。吃著剛剛在店家買來當午餐，裡面餡料並不多的三明治，然後思考敵軍所在的地點、可以使用的場所、逃亡的路線——我一邊考慮今天的風向，一邊尋找狙擊地點。

像這樣花時間演練作戰，也是戰鬥的一部分。我整個人被舒服的緊張感與滿足感團團包圍，腦子裡也浮現出好幾個狙擊用的候補地點。接著把三個最佳地點標示在腦子裡的地圖上。

吃完午餐，就在我把紙袋往後面隨手一扔的時候。

「那個，不好意思——」

我聽到一個年輕的聲音。坐在長板凳上的只有我一個人，原以為是要責備我亂丟垃圾，問題是這個國家的公園到處都是垃圾。

「什麼事？」

我往聲音發出的方向望去，以為是首都的窮小孩過來求我施捨。

「你好，想跟你問一下路。」

結果我完全猜錯了。

對方的年齡大約十五六歲吧？是一名黑髮少年。穿著黑色長褲，還有黑色夾克。外面又罩了一件棕色，衣襬很長的大衣。頭上戴著附有帽簷與耳罩的帽子，臉上戴著銀框的防風眼鏡。

這個國家應該沒有做這種打扮的少年，他也不是敵軍。我很訝異他到底是什麼人？

「我是昨天入境的旅行者。」

那傢伙自己這麼告訴我。原來如此，如果是旅行者就能理解呢。

只是，沒想到這種時代還有旅行者會來。而且，居然有這麼年輕的旅行者。我想，大概是全家一起旅行吧。

雖然我不知道這名少年是打哪兒來的，但是他，應該不知道這個國家正處於被實質占領的狀況吧。或許還以為是屬於大國的一部分呢。不過，就算告訴他那些事情也沒用。

然後，我回答他的問題。

「是嗎？可是，我也是外縣市來的，對這裡的路並不熟耶。」

其實我是騙他的。雖然我真的是從外縣市來的，但我對首都的道路卻瞭若指掌。就連小巷弄，全都記得一清二楚。當然那都是為了設定狙擊位置。

「我把旅行的摩托車停在公園的東側，我打算從那裡穿過首都到北方街道，所以想知道哪條路線最好走。」

結果那名旅行者，可能是想死馬當活馬醫，還是試著說出這些話。

這樣的話——只要從公園路往北直走，到第三個紅綠燈往右轉。然後繼續前進到第二個紅綠燈往左轉，最後在遇到的第一個圓環往左轉一百三十五度，然後順著那條路繼續走就可以了。那條路與北方街道交會，雖然不是最短的路線，但是車流量最少，也不需要經過非法停車很多且治安不佳的貧民區。

但是我這麼對他說。

「嗯——不好意思，我不是很清楚怎麼走耶。因為我平常都是以巴士代步，對路線並沒有什麼概念。」

「這樣子啊，抱歉耽誤到你的時間。非常謝謝你。」

「抱歉沒能幫上忙。」

少年旅行者輕輕點了頭道謝之後就離開了。

好了，我得去殺敵軍了呢。

我揹起放了「卡隆」的後背包，從長凳站了起來。

今天發現到的地點，是上一次的正對面。

這國家還有一處，唯一仍然熱鬧不已的市場。大街上商店林立，是人潮絡繹不絕的地方。中

央有個小公園，噴水池四周設有圓型的長板凳，可以讓購物感到疲累的客人們歇歇腿。

把那裡占為己有的敵軍，正是我今天的獵物。

狙擊地點是距離噴水池二百公尺遠，一棟十層樓高的大樓露臺。因為被敵軍占領後所導致的不景氣，店面大多是空著的。那棟大樓也是。除了一樓以外，幾乎是空蕩蕩的，沒有什麼人影。樓面平面圖的板子上，排列了許多「店面出租」的傳單。

我悠閒地走在市場裡，混入人群中。有時候假裝買東西，終於來到大樓前面。我假裝有事要進一樓的店面而走了進去，接著迅速飛越標示「禁止進入」的立牌，然後上樓。

大樓裡是一整片空無一人的空間。從地板的桌椅痕跡，可以看出過去曾經是辦公室。我走上六樓，慢慢地靠近窗邊。確認隔著市場的對面大樓裡沒有人。

然後打開窗戶的鎖扣，慢慢打開窗戶。我從露臺探出頭，確認敵軍還在噴水池那邊。

好了，輪到我的搭檔上場了。讓在後背包沉睡的這傢伙活躍的時刻到了。

我在抽出來的「卡隆」裝上滅音器，並且只填裝一發子彈。然後維持抱在懷裡的姿勢，左手大姆指觸碰了扳機。

我讓「卡隆」與身體慢慢探出露臺，這可是匍匐前進的要領。我以趴下的姿勢讓上半身巴在露臺上，歷經許多程序，我終於得以窺視瞄準鏡。

敵軍的身影進入十字線，他不斷地四處張望，看得出他的心情非常焦慮。就我所看到的，他是比我年輕的十幾歲少年兵，但那不會讓我有任何猶豫。

你去死吧。死了以後在陰間好好後悔，自己為什麼要生長在專門蹂躪別國的國家。順便傳達恐懼給你的夥伴吧！

我把身子探出露臺以後，不到一秒鐘就鎖定了目標。

好了，狩獵的時間到了。左手大姆指只要再稍微施一釐米的力量，子彈就會飛出去。

這時候，我的右手感到一陣劇痛。

剛開始，我以為是被蜜蜂螫到。因為在我住的村莊，大型蜜蜂都會聚在屋簷築蜂窩，我曾在驅除蜜蜂的時候被螫到過。

那股被刺到的劇痛開始變得銳利，而且立刻往四周擴展，疼痛的感覺毫無減輕。

這時候敵軍離開了瞄準鏡的範圍，我也放棄開槍射擊。

沒想到市區竟然會有蜜蜂——當我心裡這麼想著，一邊把右手從「卡隆」的握把鬆開，移到眼前之後。

「什麼——」

劇痛的原因，並不是被蜜蜂之類的螫到。

我的右手食指與大姆指之間，出現了一個小洞。剛好在虎口的部分，開了幾釐米的小洞，鮮血正從那裡不斷流出，把手腕都弄濕了。如果只是被蜜蜂螫到，並不會出血，也不會出現這樣的傷口。

這到底是怎麼回事？發生了什麼事？思緒混亂之際，忽然有個奇怪的物體映入我的眼簾。是紅點，有別於那個傷口與鮮血。在右手食指附近，出現了小小的紅色光點，而且微微地移動著。

這是什麼？下一秒鐘，那個紅點對準的地方，竟然破皮了。在食指旁邊的皮膚，彷彿被刀械劃過似地裂開，又滲出了鮮血。

這下子我終於明白了。

有人對我開槍！而右手的傷，是小口徑的子彈造成的。就跟我狩獵大老鼠所使用的點二二口徑那種子彈一樣，只會造成豆粒大小的槍傷。

我被擊中二槍。從我為了狙殺敵軍而探出身子，也不過才三秒鐘而已。換句話說——有人在監視我！然後，趁我展開狙擊行動探出身子之際，瞄準我的右手開槍！

當下一股怒氣在我的身體裡狂竄，疼痛已經被拋諸腦後。

從右手的傷，可以知道遭到射擊的方向。右邊——也就是說，是來自對面的大樓。

「唔嘎！」

我一邊大吼，一邊改變「卡隆」的方向。從幸運沒死在我手上的敵軍，轉而對準狙擊我的「新敵人」。隔著市場到對面大樓，距離不到二十公尺。

找到了！

剛剛原本沒人的窗戶，出現了一道小小的人影。我把瞄準鏡對準那傢伙，透過鏡片擴大的視野，看到那傢伙的長相。

「什麼？」

因為過於訝異，讓我扣扳機的反應慢了一下。

窗戶的黑色物體——我知道那應該是靠在說服者，直往我這邊看的人類。那張臉，我剛剛看

過，在公園裡看過。

是那個年輕的少年旅行者。我越過瞄準鏡，與他的視線交會。

那是稱為剎那間又似乎太長，但足以讓腦部辨識的極短時間吧。旅行者放低身子，從瞄準鏡的視野消失。

這讓我無法對準十字線射擊他。

「可惡！」

我慢慢退下身子，從露臺逃進室內。這個舉動，彷彿像是從著了火的房間驚慌逃出的豬一樣。有夠難看。

那個混蛋！那個混蛋！那個混蛋！

當我離開窗邊背貼著牆壁，一股熊熊的怒火湧了上來。那是對對方的憤怒，也是氣自己太過大意。

那名旅行者——從一開始就盯上我了。所以才在公園跟我說話。然後，從那個時候就一直跟蹤我，絕對是這樣不會錯。也或許從之前就開始跟蹤了。

他看到我走進這棟大樓，察覺到我將從這裡展開狙擊行動，因此那傢伙也進了對面的大樓。

然後，對我展開狙擊。

獵槍是點二二口徑的小型說服者。因為沒聽到槍聲，可見裝了滅音器。

行家。

那傢伙是行家。

我被他少年般的外表給騙了。那傢伙——是職業殺手。他一邊旅行，一邊四處殺人。占領這個國家的敵國，肯定是為了掃除像我這樣的游擊狙擊手而僱用了他。

其實我早就做好心理準備，知道自己有一天也會遭到狙擊。

但是，我萬萬沒想到，對手會是那種傢伙。

我再次看著右手的傷口。食指的傷口不曉得是不是沒瞄準，傷得並不嚴重。血也已經止了。至於大姆指根部的傷口，至今依然血流不止，而且很痛，所以食指與大姆指變得有些麻麻的，無法隨心所欲地動作。但是，其餘的手指與手臂還能動。

「哈哈哈！」

我笑了出來。

那傢伙似乎搞錯一件事。他誤以為我是用右手扣扳機。一般狙擊手是那樣沒錯，但我的「卡隆」不一樣。只要我的左手可以動，還可以射擊。

戰鬥吧！我要、戰鬥！

我不會乖乖被狩獵。我要跟那名暗殺者戰鬥，就算兩人正面對決，我也要宰了他。如此一來，伙伴們應該就不會被那傢伙殺死了吧。

我把「卡隆」放進後背包裡。雖說是放進去了，前端的滅音器卻突出來。

然後左手伸進後背包裡面，直接將後背包抱在右邊胳肢窩，讓滅音器朝著前方，用右胳肢窩把它夾緊。

沒錯，這麼做是讓我能夠隨時射擊。只要看到那傢伙，就能對準他盡情射擊。

我用我最極限的腳力衝出房間，原以為那傢伙會越過窗戶射擊我，但他並沒有開槍。

我靜靜地下樓梯，從不是當初進來的其他入口出去，站在通往瀰漫著廚餘臭味的後巷門口。

好了，他會從什麼地方進攻？那傢伙的風格明顯與其他人不同。只要看到他，我絕對要幹掉他！

下定決心後我衝了出去。往右邊看，沒看到人。左邊呢？也沒看到。

「…………」

他沒有埋伏等我。雖然我覺得有些掃興，但絕不能因此而有任何鬆懈。

於是我跑向市場。

只要混入人群裡，身著這個國家常見打扮的我會比較有利。那傢伙反而顯得不利。

曾有人說過，「戰鬥要出其不意」。我一直以來都這麼做，敵軍也都因此吃鱉。

可是，也有人說過「戰鬥同時是一場鬥智遊戲」。

只要拚命地思考，思慮透徹者終究會得到勝利。

所以，戰鬥就等於思考時間。不要放棄思考到最後一秒，要努力掙扎。沒有時間絕望，也沒有時間感到恐懼。

我走進市場。因為過了中午，這段時間人潮沒有早上那麼多，儘管如此，要筆直行走還是很困難。正因為如此，要即刻進行狙擊也不容易。

我繼續走在街上，不時回頭張望，不過沒看到那傢伙。在噴水池旁邊，我從原本要打穿的敵軍

旁邊走過。

那傢伙並沒有追過來。

我發現自己抱著後背包走路的模樣，讓周遭的人們對我翻白眼，不過那倒是無所謂。

我想應該也有人發現到我右手出血的狀況，我認為光是那樣就通報敵軍的可能性很少。因此現在，以逃離暗殺者為最優先選擇。

不過我還是繼續快走，終於穿過了市場。

儘管我回頭看，依然只看到這裡買買那裡看看的客人——

那名暗殺我的旅行者，沒有追上來。

可能是安心感讓腎上腺素的量減少了吧，右手的疼痛又再度浮現，甚至還配合脈搏產生令人麻痺般的疼痛。

我重新檢視右手，出血量相當多。

「可惡！」

我不禁狠狠地咒罵。這個傷口，得立刻進行止血才行。

我心想，只要用左手壓迫止血的話，過個幾分鐘血就會止住。但那麼做的話，就無法用「卡隆」射擊了。

得找個地方——我想找個安全的地方。當然醫院不在評估範圍內。要是被看出是槍傷，應該不可能隨便放我走吧。應該會向占領軍通報吧。

只要血能止住就好。然後回到村裡，說是「工作中被刀械劃傷」就沒事了。

首都這裡，所謂安全的場所在哪裡？仔細想想。從旁邊看不出來，又不會被攻擊的地方——

「哈哈哈哈！」

在我想到的同時，不禁笑了出來。不是有嗎？而且還很多。從這裡稍微走幾步路的地方也有。

找到了，已經映入我的眼簾。

是通往地下的樓梯。

我走下過去曾經是「首都西通站」的樓梯。

為了以防萬一，我環顧了一下四周。附近並沒有任何人。就算有人從遠方看到，也會以為只是「疲憊的年輕人想要去睡午覺」而已吧。

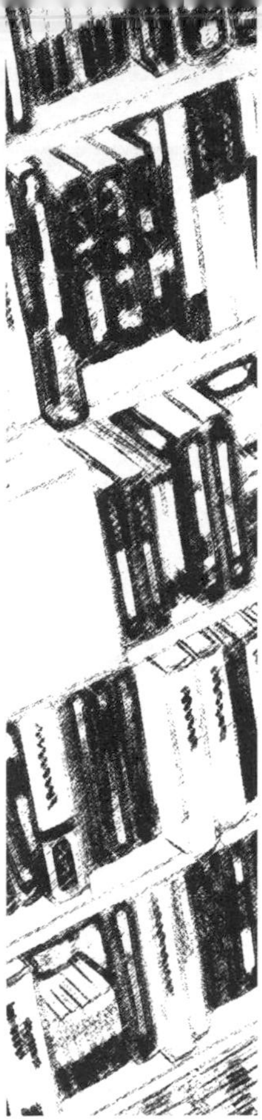

我走下約二十階的樓梯，蹲在昏暗的樓梯間。

從上面看，並不會發現到我。但是從我的位置可以看到上面。我把「卡隆」的槍口，連同後背包一起朝向樓梯上方。然後，靜靜地放置在地上。萬一殺手出現的話，就能立刻舉起來射殺他。

我現在把好不容易獲得自由的左手，幫鮮血淋漓的右手止血。

右手完全被血濕透。那個暗殺的傢伙的確有兩把刷子。但是，那一槍沒要了我的命，是你的失誤。

如果是我，就不會瞄準手，而是瞄準頭部。既然有命中右手的精準度，照理說應該也能命中頭部吧。難不成理由是想活捉我，拷問我其他伙伴的下落？抑或是，因為露臺的欄杆阻隔，才沒有打中？

不管怎麼樣。

算你活該！

那名暗殺者，想必這時候一定很懊悔吧。

經過持續的壓迫，出血終於慢慢止住了。很好。這樣的話，就可以避免貧血的狀況發生順利回去了。

然後，等到情緒穩定下來再「出擊」。

這次我太大意了，下次不會那麼容易被擊中的。以後得更仔細檢查狙擊位置，隨時注意四周。

我不會忘記那名暗殺者的臉。只要讓我看到，二話不說就直接擊殺吧。

我是狙擊手。為了拯救這個國家，我，接下來也會戰鬥。

接下來也會——只要我活在這世上……就會一直戰鬥。跟「卡隆」、一、起——

血、止、了。

子彈、似乎、閃、過了。

子彈？

我……

這是在、耍、什、麼——

好、睏。

在昏暗的樓梯處，男子趴在地上昏睡中。

「傷腦筋，動手吧。」

奇諾隔著防毒面具俯視著他。

男子年約五十五六歲。身上穿著連身工作服，緊抱著細長型的後背包。而他的右手，正微微流著血。

在陰天的天空下，奇諾戴著把臉完全覆蓋起來的防毒面具。兩眼前方有著小型玻璃窗。嘴巴前方，裝有中和毒氣的濾毒罐。

奇諾的左手，拿著像滅火器一般大型的氣體圓筒。從氣體圓筒延伸出一條管子，前端朝男子倒臥的向下樓梯。還不斷「咻咻」地發出什麼氣體的聲音，聲音非常小。

奇諾用力勒緊管子，阻止氣體繼續釋放出來。

然後從掛在腰際皮帶上的小包包裡拿出手電筒並且打開電源，靠那個亮光走下樓梯。

她舉起睡得很沉，不斷反覆深沉呼吸的那位男子的右手，再從口袋拿出紗布貼在出血的傷口上，然後用繃帶緊緊纏起來。

幫男子止完血後，奇諾看到他的後背包。

沾到男子血跡的後背包前端，有個細長的筒狀物突出來。

奇諾小心翼翼地打開後背包，看到了裝在裡面的東西。

她慢慢把那個東西拉出來。

那是一支，老舊的，木製網球拍。

前端，綁著空的飲料罐。

在沒有鳴響警笛的情況下行駛的救護車，抵達了標示「警察醫院」的大樓後面。

從裡面搬運出來的擔架上，男子被救護人員用皮帶固定住。

跟在救護車後面的奇諾與漢密斯，走到在後門前等待的西裝男前面就停下腳步。

奇諾關掉漢密斯的引擎並下來，再用側腳架把他立起來。

「幹得非常漂亮！」

看起來年約三十歲的西裝男，面帶微笑地對奇諾說：

「『確保最小限度的傷害』——果然有妳的，想必很辛苦吧。」

奇諾一邊摘下帽子與防風眼鏡，一邊回答男子：

「不，那個，非常輕鬆……為什麼你們警方無法逮到他呢？」

「對對對，明明就不需要硬拖正在觀光的奇諾下水啊。」

「我說過事情成功的話就會告訴你們理由對吧！——那麼我們進室內吧。妳直接把漢密斯推進去沒關係。請進，請進。」

在警察醫院一樓的某個大會議室，奇諾坐在椅子上，漢密斯則是用腳架立在她旁邊。

接著胸前別著警察徽章的西裝男，在奇諾他們面前坐了下來。

「我在此再次向你們道謝。真的給你們添麻煩了。但多虧奇諾的協助，讓我們能順利確保那名男子的安全。」

「那名男子，會遭到逮捕嗎？」

漢密斯問道，男警官回答他的問題。

「咦？不會，怎麼可能。他只是『拿著網球拍在首都四處徘徊』而已，警方沒理由逮捕他喔。儘管我們警察很閒。這個是『保護』。」

「呃……可是我，開槍擊中他了……？」

奇諾語帶保留地詢問，警官倒是語氣輕鬆得像是請人喝茶般地說：

「啊，那個完全沒有問題。我們警方會適當處理的。」

「那就好……」

此時漢密斯問：

「我說奇諾。結果妳是怎麼幹掉他的？」

「你怎麼講『幹掉』呢……因為警方提供消息說他人在公園，我確認過他的長相之後，就追了上去，從對面的大樓用手上唯一拿著的『森之人』展開狙擊。之後，就保持距離跟著血跡走，馬上就知道他人在樓梯的下方，於是用借來的催眠瓦斯讓他睡著，就是這樣。」

「好簡單的狩獵喔。」

「拜託，怎麼說是『狩獵』……」

此時奇諾的視線，從漢密斯移到警官這邊。

「那麼，首先——請告訴我有關那個男人的一切。」

「好的。他，現年五十六歲。目前沒有工作，不過在四十歲以前，是個小有名氣的小說家呢。撇開他的長相不說，若是說到筆名的話，記得他的人應該相當多吧。」

聽了警官的話，漢密斯他——

「哇喔，原來他是名人啊。」

然後奇諾說：

「那個……我擊中了那個人的右手耶……」

「啊啊，沒關係，妳別放在心上。他已經十多年沒再出任何書，就連以前出過的書也全都絕版了。算是過氣的人喔。」

「這、這樣……」

「太好了呢！奇諾。」

「他從小就很喜歡說服者，在作品裡，常常出現手持說服者，有活躍表現的主角呢。」

「就像奇諾一樣！」

「說得也是呢，就像奇諾一樣。」
「那麼，摩托車呢？」
「很遺憾，並沒有……」
「啐！這個國家沒有摩托車大顯神威的小說嗎？」
「這個嘛，我年輕的時候倒是相當多呢。」
「喔！什麼樣的小說？」
「這個嘛——」
這時候奇諾催促「請繼續剛剛的話題」。
「喔，抱歉……」
警官連忙又拉回正題。
「他年邁的母親聯絡我們，說他的狀況非常不對勁，那是在八個月前的事了。原本他們母子倆是靠他的存款與母親的年金，過著節儉又悠閒的生活，但他卻突然變得特立獨行。」
「怎麼個特立獨行法？」
「無論是什麼物品，像是附近的掃帚，或是運動用品，總之只要是長型的物品都被他當成說服者，然後開始玩起戰爭遊戲。」

「啥？這樣啊……」

「那個人，持有說服者嗎？」

「在這個國家，對於說服者的持有是有嚴格限制的。屬於許可制，在他還是當紅作家的時候也持有好幾挺說服者，似乎都用來進行狩獵之類的消遣活動。但是當他收入減少，無法再維持那些說服者，就全部繳回國家，也取消了他的持有許可。」

「然後呢？然後呢？」

「根據他母親的說法，他拿著掃帚等物品四處徘徊的時候，偶爾還會做出舉槍射擊的動作。然後嘴裡念念有詞，說『我是孤高的狙擊手……』或是『我要無聲無息地把敵軍送入地獄……』或是『能夠拯救這個國家的，是我跟大家的力量……』，老實說聽起來不太舒服。可是，因為他並不是拿真正的說服者，所以警察也就沒有採取行動，沒想到後來他竟然跑來首都。」

「拿著，網球拍？」

「是的，奇諾。他把網球拍放進後背包裡。」

「他想做什麼？」

「我們也一度尾隨在後，但是他進入廢屋，就把網球拍當成步槍似地舉起來，對準街道上他隨意鎖定的人，而且還笑得很詭異。然後又突然衝出去，搭上巴士回家。剛開始我們都搞不懂是怎麼回事，不過——」

「他該不會是在模仿射擊？在玩射擊遊戲嗎？」

「不愧是奇諾，我們也做出那種結論。」

「那麼，要逮捕他嗎？」

「光只有那些舉動，是無法逮捕他的喔，漢密斯。我國之所以如此祥和，並不是因為法律嚴苛的關係。」

「這個嘛，因為你們是犯罪行為稀少，生活悠閒的和平國家。而你們連軍隊都沒有設置。」

「託大家的福，鄰近國家並沒有試圖攻擊我們，所以在半世紀前就廢除軍隊了。老實說，只靠警察就綽綽有餘了——不過那個就先暫且不談，對我們警方來說，基於他母親的擔憂，對於該怎麼處理他感到相當煩惱……當然啦，我們希望他能暫且住進警察醫院，但他只是拿著網球拍進入大樓而已，實在沒有理由逮捕他，要是用其他理由進行逮捕，因而刺激到他，難保他會做出什麼事情來。要是被渲染成警察毫無理由就逮捕過去的人氣作家，老實說對我們的形象會……」

「所以，你們就僱用了奇諾對吧。」

「是的。如果是旅行者奇諾的行為，有什麼差錯也能暗中掩蓋下來！也可以用『旅行者擅自動手』這個理由，使用放逐國外處分這個密招！如此一來也能提升我們警察的形象！」

警官舉起右手，做出勝利的姿勢。

「可是總覺得怪怪的耶，不知這麼做是對是錯。」

漢密斯對警官說出他真實的感想。

「因為平常犯罪行為很少又閒著沒事，就讓我們執行這種事情吧。」

警官卻說出如此前後矛盾的感想。

奇諾則是淡淡地說：

「做那麼簡單的工作，還可以得到大量的燃料與攜帶糧食當做酬勞，總之就這樣吧。」

「妳好現實喔～奇諾——對了，接下來，那個男人會怎麼樣？」

漢密斯問道。

「已經幫他注射強力的鎮定劑了，應該會沉睡到明天早上吧。」
警官如此回答。
「我不是那個意思啦——我是說往後他將會如何——」
「啊，抱歉，這個嘛，應該暫時會讓他住院一陣子吧。然後，努力幫他做心理諮商吧。只不過不曉得是否能慢慢了解他的心裡到底在想些什麼？那些行動到底有什麼意義？畢竟想像力豐富是他的專長，我覺得他應該早就做好非常驚人的『腦內設定』呢。」
「原來如此。」
奇諾贊成地點頭回應。
「其實大可以把那些設定寫成書啊！」
漢密斯如此提議。
結果警官從椅子上站起身來，並豎起大姆指。
「好主意喔，漢密斯！到時候能問出多少就問多少，再由警方出版，應該能賺些版稅吧……我們很想換新的警車呢。」
「這個國家的警察，真的好閒喔～」
對於漢密斯訝異的語氣——

「我剛才不是說了嗎？」

警官笑著答道。

我……在醫院。

恢復意識的我，開始確認許多事物。

目前我是呈現仰躺的姿勢，也感受到附近有人。那個人，就在我旁邊，因為我仰躺著，大概是躺在床邊吧——她笑咪咪地走過來，留下記載什麼的聲音，然後就離開了。

我慢慢張開眼睛，映入眼簾的是從未見過的天花板。但透過單調呆板的建築，與許多特殊器具可看出，這裡是醫院。我冷靜地回溯記憶。我被暗殺者追殺所以躲起來，但失去意識。我不知道該如何是好。然後，就被送到這裡來。

可惡！肯定是那個暗殺者帶的路，所以，我落入敵人的手中。

我四處張望室內，確認沒有任何人以後，我抬起脖子。右手已經接受過治療，我的手沒被銬上枷鎖。但是，一隻腳卻被床架的皮帶固定住。

哈哈！

我不禁暗自竊笑。門沒上鎖。原本扣著掛鎖的位置，掛勾栓居然整個露了出來。

這是醫院職員的疏失嗎？不，不對……應該是有同情者。雖說國家被敵人占領，但是在醫院工作的人們，幾乎全都是這個國家的人。

他們知道我始終孤軍奮戰，是一位孤高的游擊狙擊手，所以故意不上鎖！

要是被發現有人從中破壞，他……抑或是她，可能會吃不完兜著走呢。但是，那份熱情卻讓我感動落淚。我決定，絕不能浪費這個機會！

老實說——我以為我已經死了。

以為自己被敵人逮捕，遭活活解剖而死呢。我以為年僅二十三歲的我，會以戰士的身分英年早逝。

但是，想不到我仍然活得好好的！

神明祂說，「繼續戰鬥吧」！

好吧！

我就遵從那個命運！
繼續戰鬥！
沒錯……
我真正的戰鬥，就從這裡開始……

「我的戰爭」
—Lone Sniper—

尾聲
「奇諾の旅之國・a」
—Road Show・a—

尾聲「奇諾の旅之國・a」

—Road Show・a—

「奇諾！漢密斯！電影已經完成了喔！哎呀——幸好趕在你們出境前完成了！」

西裝筆挺的男子這麼說著走進室內的時候，奇諾正在幫漢密斯做行前檢查。

她在租來的房間裡幫漢密斯的鏈條上油，檢查各部位的螺絲是否鬆了，以及後輪旁邊的箱子是否有損傷。

至於窗外，是一整片的藍天。彷彿昭告春天已然到來似地，是非常晴朗的天氣。

首先回應男子的是漢密斯。

「真的嗎？我還以為鐵定會來不及呢！太好了——！」

他非常開心地大聲說道。

另一方面，奇諾——

「是嗎，那太好了。」

則是跟往常一樣，講好聽一點是十分冷靜。講難聽一點就是態度冷淡地回答。這時候就連她在工作中的手也停了下來。
西裝男說：
「怎麼樣？要不要去看那部電影呢？」
「你說，現在嗎？」
「是的。當然啦，這部電影是下個月才上映，但如果在製作公司的試映室就可以先睹為快喔。我記得奇諾你們預定明天出境對吧？所以今天是唯一的機會喔。哎呀～奇諾你們運氣真好。平常的話，電影是不可能這樣快就完成的，這次所有的一切都奇蹟似地順利進行。幾乎沒有任何旅行者能夠看到『電影』喔！」
「他這麼說耶！我們去看吧！奇諾！」
「嗯——……」
「片長是一百分鐘。雖然有些長，但是到傍晚就結束了。」
「去看啦，去看啦！奇諾！」

「奇諾の旅之國・a」
—Road Show・a—

「嗯——……可是還有需要檢查的地方耶～」
「檢查那種事情可以等出境以後再做啊！摩托車不會因為一點小事就壞掉啦！」
「漢密斯你有資格這麼說嗎……平常你不是老是吵說『檢查要仔細一點』嗎？」
「呃～這種事一碼歸一碼啦。」
西裝男笑咪咪地說。
「試映室裡的點心跟果汁都無限量供應喔。我大力推薦妳一定要嚐嚐我國的名產，焦糖口味爆米花，以及肉桂口味的吉拿棒。奇諾，我想妳應該還沒吃過吧？」
「電影，可以去看沒關係。」
「理由是那個嗎？——唉，算了。好，我們去看電影吧。」

時間回溯到四個月前左右。
在冬天來臨以前，奇諾與漢密斯在森林裡野宿，思考著某件事情。
「怎麼辦？奇諾。」
「你說該怎麼辦好呢？漢密斯。」

奇諾仰頭看的樹林，幾乎沒剩下幾片樹葉。秋天也快要結束了。接下來天氣將漸漸變冷，目前所在的區域也將會下雪。

身為旅行者的奇諾與漢密斯能夠採取的行動，只有二選一而已。

一個是，「朝著不會下雪的溫暖地方盡情奔馳」。

如果在北半球就往南走，在南半球就往北走。只不過，是否能順利避開雪季，取決於路線或入境許可，得試試看才知道結果如何。

另一個就是，「在冬天這段期間，待在願意接受他們長期停留的國家，在那裡直到冬天結束為止。」

只有在冬天停留的旅行者，老實說一點都不稀奇。儘管不允許外國人移民，但願意讓旅行者暫時在冬天停留的國家，其實還挺多的呢。

當然，在國內生活需要花錢，所以條件是必須找到「工作」。

譬如說，旅行者大多都有他們優越的一面，因此也常承接保鑣或射擊教官等工作。

除此之外，如果那個旅行者擁有的能力是醫療、農業、製造物品、料理等等，就會從事應用那方面才能的工作。也就是說，只要那個國家允許入境，要做什麼都無所謂。

奇諾與漢密斯討論到最後——「如果下一個造訪的國家允許他們停留，而且有奇諾可做的工作，就在那裡度過冬天。如果不行，就努力朝溫暖的地方前進」，這是他們做出來的結論。

然後，在冰冷的秋風吹襲之下——

「好了，這個國家是否願意收留奇諾在此冬眠呢？」

「要是可以一直睡覺不用『工作』，那可就輕鬆了。」

奇諾與漢密斯好不容易抵達某個國家。

「是嗎！妳希望在我國過冬？很好很好！非常歡迎喔！——不過，屆時將請妳做我們要求的工作喔！」

男入境審查官在城門前滿臉笑容地說道。

「喔！太好了，奇諾！那麼，貴國要求她做的工作是什麼呢？」

「如果那是『我辦得到的事情』，我就做，假如是我『辦不到的事情』，那我就不做。」

「嗯，奇諾，有必要說得那麼堅決嗎？」

「放～心，那是任誰都辦得到，超簡單的工作喔！順便一提，過去想在此過冬的旅行者，沒有任何人拒絕那個工作呢！」

「是嗎～那太好了呢，奇諾！」

「那麼——是什麼工作？」

「是的！就是請你們當電影的模特兒！」

「什麼？」「什麼？」

入境審查官把一切解釋給他們聽。

在這個幅員廣闊的國家，電影產業不僅興盛，也是國民最大的娛樂。這裡拍了許多電影，在戲院上映，電視上也會每天播映。

可是，正因為這個產業興盛的緣故，也發生了問題。

那就是——題材不足。

「奇諾の旅之國・a」
—Road Show・a—

也就是說，發生「能拿來拍電影的題材愈來愈少了」這種嚴重的事態。若沒有題材，能夠拍的電影數量就變少了。

於是業界做了多方努力，像是公開徵求題材啦，用現代的技術重新拍攝過去的名作等等——但題材一直處於慢性不足的狀態。如此一來，國民會認為都是同樣的題材而感到厭煩。

這時候他們想到的，就是「詢問旅行者的親身經歷」這個提案。

如果是了解城牆外世界的旅行者，鐵定有一兩個能夠取悅這些國民的趣聞軼事。

可是，若是短期停留一兩天的旅行者，根本沒時間說他們的經歷。

既然這樣，何不詢問停留在這個國家過冬的旅行者呢。

乾脆就請他們述說自己的經歷，當做願意讓他們留下來過冬的條件，那不是皆大歡喜嗎？

就這樣，這個國家便針對想要留下來過冬的旅行者提出三個條件。

·盡可能提供旅行的趣聞軼事。

·願意讓那些經歷，當做電影的拍攝題材。

·不得要求作品的權利與利益。

要是旅行者願意接受，就保證他們在冬季期間的食衣住等方面的需求。

在春天上映的「旅人物語」，現在都一定會打進最賣座電影排行榜的前五名，成為超人氣系列作品。

那是讓人完全意想不到的答案。

「怎麼辦，奇諾？」

「跟殺人維生比起來，好太多了。」

就條件來說那一點都不差，因此奇諾與漢密斯便決定在這個國家過冬。

然後，這個國家還介紹製片公司的工作人員們給他們認識，並讓他們在公司附近的集合住宅租下一個房間。

然後，最剛開始是每天都會來問他們旅途中的狀況。

奇諾就像以前在其他國家接受訪問時那樣回答。

她說了自己離開出生的國家的理由，然後在某人的身邊接受訓練的情況，還有，出境之後所遇到的各種事情。

「奇諾の旅之國・a」
—Road Show・a—

此外，她也說了在旅途中所聽聞的故事。
漢密斯也說了他有印象的事情。有時候還跟奇諾的記憶不吻合，讓工作人員們感到困擾。
奇諾所敘述的趣聞軼事，有不少比其他旅行者還來得有趣、酷炫跟不可思議，讓工作人員們非常高興，認為這是難得的一大收穫。
後來，暫且決定先拍出一部電影。如果獲得好評就會拍攝續集，進而成為系列作。
這個國家的拍片技術有其驚人之處。
他們能夠立刻找好演員，活用許多布景，也會使用ＣＧ（註：Computer Graphics的縮寫，意即電腦繪圖），大約四個月的時間就能拍出一部長片。
「儘管如此，似乎還是趕不及奇諾預定出境的日子呢～」
「我無所謂啊。」
「咦——難道奇諾不想知道自己旅行的趣聞軼事會變成什麼樣的故事，拍成什麼樣的影像嗎？」
「還不至於為此延後出境日期呢～」
「好無聊喔～」
就這樣，奇諾與漢密斯的「工作」暫且結束了。

奇諾與漢密斯在剩下的三個月裡——

靜靜地看書、進行使用說服者射穿遠方人類的訓練、練習如何用小刀劈開眼前的人類等，悠哉度過深雪覆蓋的冬天。

然後，電影在她出境的前一天完成了。

奇諾、漢密斯與西裝男在公司的試映室。雖說是試映室，卻能容納好幾十人，有點像電影院的豪華設備。

漢密斯以主腳架立在中央通道上。奇諾則坐在他旁邊的座位，西裝男則坐在她後列的座位。

「那麼，試映會要開始了！雖說是試映會，卻只有奇諾、漢密斯跟我。順便一提，工作人員們全都累到睡死了。很抱歉無法來跟你們打招呼。」

「拍電影好辛苦喔～」

「那是當然囉！可是，因為他們的奮鬥完成了很棒的作品！感覺很不錯！鐵定會大賣喔！」

「奇諾の旅之國·a」
—Road Show · a—

「好極了，開始看吧！奇諾，妳不能睡著喔！」
「不會啦。」
把爆米花桶、汽泡水的杯子，以及裝了吉拿棒的紙袋擺在旁邊座位的奇諾回答。
「對喔！奇諾只要吃吃喝喝就不會睡著呢！」
漢密斯一副很了解的樣子。
「如果有任何疑問，請不要客氣儘管提出來。畢竟這裡就只有我們而已，播映過程中怎麼說話都不會惹怒別人。」
「了——解——！」
「那麼，開始放映——這次的片名，就是很簡單的『奇諾の旅』。」
然後，電影開始了。
映在大螢幕上的是——
「這部電影是根據某位旅行者的真實經歷所拍攝的。」
這樣的文字。

*　*　*

槍戰開始了。在一團團草球四處滾動的荒野，正在進行槍林彈雨般的激烈戰鬥。

表情凶惡的男人們正在追擊的，是一名穿著鮮紅夾克，留著一頭長髮，豐滿的胸部也理所當然地引人注目，性感十足的女子。

男人們的子彈連一發都沒擊中那名女子，反倒因為她手上持有的自動式說服者的反擊，豪邁地一一倒了下來。

＊　＊　＊

「那個——……」

奇諾壓低音調對坐在後面的人說話。

「什麼事，奇諾！有什麼問題請儘管問！」

「奇諾の旅之國・a」
—Road Show・a—

從後面回覆的，是不輸給電影裡的槍聲，元氣十足的聲音。
「該不會……難不成，正在戰鬥的女子就是——」
「是的！正是主角奇諾。本事了得的操控說服者，是一名旅行者！」
「怎麼看起來年紀比我大很多啊……」
「沒錯！她的年齡設定是二十五歲！這位女星，在動作電影中是最受歡迎的，別看她那個樣子，其實已經三十歲了喔！完全看不出來對吧！」
「哇——喔！而且，還比奇諾性感許多呢！」
漢密斯開心地說道。
「沒錯！設定就是『女主角有著人人稱羨的三圍，尤其上圍格外豐滿』。然後這是我個人爆料……其實那位女星的胸部有用ＣＧ稍微變大呢。」
「那個……為什麼？」
「最近在我國很流行波霸喔！因此打從一開始，就決定女主角必須是波霸！」
「啥？這樣啊……」
「你說從一開始，是從什麼時候開始？」
「這個嘛～就是從奇諾你們來以前喔！」

「…………」

不發一語的奇諾前方，眼前的電影繼續播映著。

＊　＊　＊

一輛摩托車以側腳架停在岩石後方。

「來吧！」

奇諾從遠方尖聲大喊。

「了解！好了，戰鬥吧！」

那輛摩托車擅自發動引擎，明明沒人騎乘卻往前奔馳。悠遊地在荒地前進、閃過岩石，甚至於飛越河川。

然後，在奇諾前面一邊甩尾一邊停下來，成為阻擋敵人射擊的擋箭牌。

「奇諾の旅之國·a」
—Road Show · a—

只見車體、引擎發出乾燥的聲音，把敵人的子彈一一反彈回去。

「好痛！可是，這都是為了奇諾！」

＊　＊　＊

「我有問題──！」

「請說，漢密斯。」

「那輛摩托車──」

「沒錯！他正是『奇諾』的搭擋『漢密斯』！」

「哇塞──！好酷喔──！」

「他的外表……差很多耶？而且……這輛『漢密斯』沒人騎乘，竟然會自己跑耶？」

「那很帥啊，有什麼關係！奇諾！──可是，這是哪裡的設計？我從來沒看過呢。」

「不愧是漢密斯！那是這個國家規模最大的摩托車製造商，預定與電影同步發表的新型車種！」

「我知道了！就是所謂的七爺合作對吧！」

「……你是說『企業合作』嗎？」

「對，就是那個！」

「沒錯，沒錯！我們這次採用的宣傳方式，就是希望跟那家製造商合作，也順便促銷他們的新型車種。」

「……那麼那輛摩托車，果真像剛才那樣，具有無人騎乘也能自行移動的功能嗎？」

「不，當然沒有。不過，玩具製造商出的玩具可就配備了搖控器喔。」

「這樣……」

「那很帥啊！奇諾。」

＊　＊　＊

在叢林的戰鬥開始了。

「奇諾の旅之國・a」

—Road Show・a—

「哼！我可是看得一清二楚呢！在那邊！」

此時「奇諾」一邊喊叫，一邊享受用步槍連續射擊的樂趣。只見表情凶惡的敵人，豪邁地啪答啪答倒下。

「可惡！那女的是怪物嗎！還是魔女？」

看起來像是敵人首領的男人，丟下夥伴往前逃跑。

這時候他的腳邊，落下從遠處以拋物線飛來的手榴彈。

「咦？」

首領僵硬的笑容，隨即被熊熊烈焰包住並且消失不見。

＊　＊　＊

「那個……」

「什麼事，奇諾！」

「有關我……不對，有關劇中的『奇諾』現在所使用的步槍——」

「是的！那是國防軍的制式自動連發式步槍。點二二三口徑。在榴彈發射器還附有最新的光學瞄準鏡！」

「那種武器，我在任何國家都不曾使用過耶……」

「事到如今，講這些做什麼呢，奇諾——那也是某種企業合作嗎？」

「是的。國防省希望我們使用那個武器，好提升軍隊的形象。其中有好幾個場景是進行實彈射擊喔。還特地借用軍方的演習場拍攝呢！」

「原來如此——！」

「…………」

*　*　*

「終於等到不耐煩而現身了嗎？」

「我們也要上嗎？已經完全暖好車了喔？」

「奇諾の旅之國·a」
—Road Show · a—

「好極了！我們走吧！漢密斯！全速前進！」

奇諾跨上漢密斯，以猛烈的速度在草原上奔馳。他們前進的前方，是宛如黑色團塊的敵軍士兵們。

「來了喔！」

「真是個笨蛋！單憑一個人能做什麼！就讓這裡成為那傢伙的葬身之地吧！」

「喔！」

＊　＊　＊

「請問……」

「請說，奇諾！」

「『奇諾』與『漢密斯』，在劇中以單打獨鬥的方式迎戰一國的軍隊……可是我，從未有過那樣的經驗喔？」

「是的，我問過了。這部分，是把奇諾妳為了自衛而戰鬥的幾個故事統整起來，而且為了表現妳高超的槍法，才會變成這樣子的劇情。」

「問題是，面對這麼龐大的人數，我應該是選擇逃跑或投降……根本就打不贏喔？」

「這個嘛～請妳繼續看下去，接下來『漢密斯』將有傑出的表現呢！」

「真的嗎？我知道了，一定是朝著敵人直直衝進去！太帥了——！」

「這是前半部的高潮好戲喔！一對三百的激烈戰鬥。請仔細看，這三百名敵人！他們全都是按照角色設定出來的，每個人的動作都不一樣喔！可說是CG工作人員的超級力作。」

「好厲害！可是，這部分，『奇諾』要怎麼獲得勝利呢？」

「別緊張，請繼續看下去，再等一下就揭曉了……」

＊　＊　＊

就在跟敵人的距離已經拉近到一半的時候，奇諾她的雙手放開了摩托車的龍頭。

「漢密斯！準備好了！讓他們見識見識你的力量吧！」

「奇諾の旅之國・a」
—Road Show・a—

然後，「咻啪」地迅速揮動雙手，那動作看起來像在進行什麼奇怪的儀式。

「吾，汝之主人奇諾命令！解禁第八階層至第十二階層之武裝使用！」

「解禁，了解！」

奇諾與漢密斯沒有降低速度，繼續朝敵軍陣容衝去。

「漢密斯飛彈！」

漢密斯如此大喊。同時，他左右的貨物箱啪地打開，從那兒出現的小型飛彈，咻吧吧吧吧吧吧吧地連續飛出去。

飛彈拖著白色煙霧往前飛。

「什、什麼～」

「是飛彈～！」

並且在嚇得發抖的敵軍之中連續爆炸。

「哇啊！」

「呀啊！」

敵軍們一個接著一個被炸飛了。

＊　＊　＊

「好酷喔喔喔喔喔喔喔喔喔喔喔喔喔喔喔喔喔喔喔喔喔喔喔喔喔喔喔喔喔喔喔喔喔喔！」

「……請問，那是什麼？」

「是漢密斯微型飛彈喔！這是漢密斯的必殺技！啊，當然也是用ＣＧ做出來的！只有煙霧是使用火箭砲的實際煙霧。畢竟，畫面呈現上還是有極限呢。」

「這樣啊……」

「奇諾——！不要對電影潑冷水啦！這樣會變成奧客喔！妳不覺得很酷嗎？反正看起來很炫，有什麼關係呢！喔喔，又射擊了！到底裝了幾發子彈啊？」

「就設定來看，可以發射一千二百枚。」

「不管怎麼想，那個『漢密斯』不可能裝——」

「好厲害喔——！這個國家販賣的摩托車也有那種裝備嗎？」

「奇諾の旅之國・a」
—Road Show・a—

「那當然是不可能的，倒是搖控玩具預定會裝發射飛彈的機關呢！」

＊　＊　＊

「是嗎，妳要離開了嗎……我不會再阻止妳喔……因為妳，是自由的女人。與妳的這場戰鬥，已經熱烈地刻劃在我的內心……」

體態纖細的俊美青年，露出有些傷心寂寞的表情，對著奇諾如此說道。他穿著綠色針織外套，腰際則佩帶了一把軍刀。

「看來你很了解嘛！你也是個相當不錯的男子漢呢！我們來世再見吧，寶貝——！」

奇諾豎起大姆指留下這段話，然後發動漢密斯往前進。

「呵……」

輕輕笑起來的青年隨即被塵土包圍——

「咳咳！咳咳！」

然後被嗆到。

＊　＊　＊

「那個，是誰？」

「是出現在奇諾的故事裡，那個叫『西茲』的男性。」

「我就知道——！」

「不是啦，那個……」

「如果沒有浪漫的愛情，是很難吸引女性觀眾進電影院的哦。在以女性為訴求對象的廣告中，可是讓他大量出現。還有，這次因為想讓小孩子也一起觀賞，所以沒有深入刻劃。如果要分為適合成人觀賞的等級，也會有床戲喔！」

「唉……」

「奇諾の旅之國・a」
—Road Show・a—

＊　＊　＊

奇諾在造訪的國家受邀參加舞會。

她穿上檸檬黃的鮮豔禮服，胸前裝飾著美麗的項鍊，頭髮還盤了起來。

「喔～那就是本事了得的旅行者……」

「真的好美喔。」

在舞會中，她顯得格外閃耀。

「可以請妳跳支舞嗎？」

在這個國家的年輕國王邀請之下，奇諾小聲地回答：

「要是踩到您的腳還請見諒。」

於是她踩著活潑的腳步，吸引了男士們的目光。

＊　＊　＊

「那是誰？到現在還出現新角色嗎？」

漢密斯問道。

「…………」

奇諾沉默不語。

「別在意那麼多啦。順便告訴你們，那套禮服是今年流行的顏色喔。這部分沒跟任何企業合作，但我們跟時尚雜誌的編輯部討論過，希望能夠帶動流行。」

「這樣啊——」

「那個……」

「有什麼事呢？奇諾！」

「可以再給我一份點心嗎？」

「奇諾の旅之國‧a」
—Road Show‧a—

＊　＊　＊

最後「奇諾」與「漢密斯」造訪的，是自己的故鄉。

那裡被落魄士兵組成的山賊所占領，國家荒廢得有如廢墟一般。人們只是遭受壓榨，每天過著無奈嘆息的生活。

但是——

「妳不是這個國家的人民！妳是不適合在這個國家生存的缺陷品！妳要選擇死，或是離開這裡！」

為了過去那些曾經那麼說，並且趕走自己的人們，奇諾決定挺身而戰。

儘管奇諾擁有優秀的能力，但那並不是一場輕鬆的戰鬥。因為寡不敵眾，一直陷入苦戰。

「哼，我才不會被你們幹掉呢！」

「加油！奇諾！」

＊　＊　＊

「大可以用那個飛彈啊！就你所看到的，還剩下三百九十四枚呢！」

就這樣，在電影播映的漫長時間——

「啊，請再給我一盒。還有吉拿棒。」

奇諾要了四次爆米花跟吉拿棒。

「酷啊！剛剛這場戲超讚的！」

漢密斯倒是一直很興奮。

＊　＊　＊

最後一戰的前一天晚上，有一群人造訪了正把子彈填充進彈匣的奇諾。他們是過去把奇諾趕出國家的人們。

「奇諾の旅之國・a」
—Road Show・a—

面對滿臉愧疚的人們，奇諾說話了：

「誰說我要免費戰鬥的？要是我幹掉一個人，你們好歹也該給我這些錢吧？怎麼樣？」

然而奇諾所說的金額，根本就不值得她賣命戰鬥。訝異的人們全都了解了。

「原來如此，她是為了不讓我們愧疚，才刻意說要收錢啊……」

隔天早上——

奇諾在T恤上套了一件裝滿許多彈匣的背心，站在蔚藍的天空下。

「好一個適合赴死的早晨呢！漢密斯！」

「妳明明就不想死啊，奇諾。」

現在，他們準備赴最後一戰。

「是啊——走吧！漢密斯！」

然後——

戰鬥，結束了。

聰明人看不到的後記

——Preface——

到此為止，以上就是聰明人看不到的後記！

二〇一四年 十月 時雨沢惠一

大家好，我是黑星紅白。
「長笛」終於在第18集視覺化了。
負責設計的是漫畫家秋本こうじ老師！
非常感謝他的幫忙。
真的好酷喔！
不僅擴大構圖的領域，
奇諾全新的魅力
或許也能在此被引出來呢。
可是畫起來好辛苦…

對了，我在封面裡加了
「18」這個數字，
沒想到被這次的書名擋住了。
太好笑了。
因此我改在扉頁
清清楚楚地寫了出來，
還請大家見諒。

Kadokawa Light Novels

身為男高中生兼當紅輕小說作家的我，
正被年紀比我小且從事聲優工作的女同學掐住脖子 1~2 待續

Kadokawa **Fantastic** Novels

作者：時雨沢惠一　插畫：黑星紅白

時雨沢惠一X黑星紅白的新系列登場
超長書名謎底將於本集揭露！（非完結篇XD）

以高中生身分在電擊文庫出書成為作家的「我」，以及從事聲優工作的同班同學似鳥繪里，每週都會為了動畫配音工作搭乘這班特快車一次，在車上談論作家的工作——這讓我們持續通往無法回頭的終點……本集將解開本書超長書名的謎底！

台灣角川

各 **NT$220/HK$68**

Kadokawa Light Novels

發條精靈戰記 天鏡的極北之星 1~4 待續

Kadokawa Fantastic Novels

作者：宇野朴人　插畫：さんば挿

榮獲2014「這本輕小說真厲害！」第2名
伊庫塔等人支援海軍結果竟遭遇猛烈海戰？

在審判後舉辦的軍事會議中，薩扎路夫對伊格塞姆元帥以及雷米翁上將等高官們提出了某個特異的請求，其實那是伊庫塔私底下的請託——於是，帝國騎士的少年少女們逐漸被牽連進複雜的內政問題與激烈的海上戰事……伊庫塔的戰鬥再掀高潮！

各 NT$200~220/HK$60~68

台灣角川

Kadokawa Light Novels

絕對雙刃 1~6 待續

Kadokawa Fantastic Novels

作者：柊★たくみ　插畫：淺葉ゆう

復仇者——那是一條絕對無法回頭的荊棘之路
嚴苛的「魔女的考驗」正等在前方！

九重透流敗在殺害心愛妹妹的昔日好友鳴皇榊手下，雖然受了重傷，幸而仍保住了性命。透流由此發現自己的「不足」，決心踏出新的一步。此時，誓言與他以羈絆緊密相繫的「絆雙刃」茱莉卻擋在前方……？學園戰鬥小說第六彈就此展開！

台灣角川

各 NT$180~200/HK$50~60

Kadokawa Light Novels

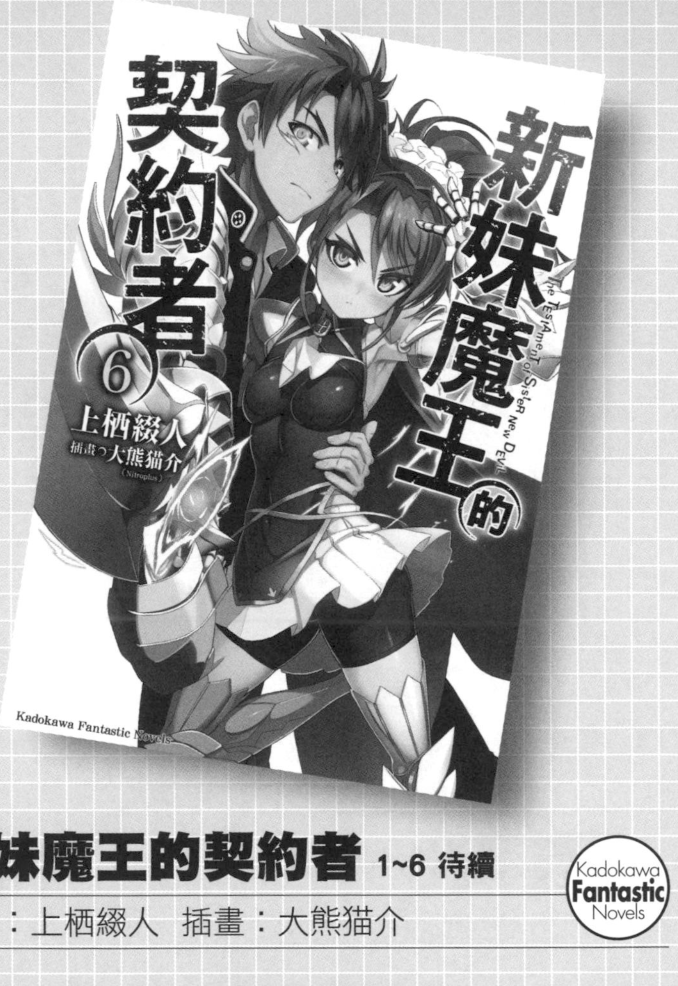

新妹魔王的契約者 1~6 待續

Kadokawa Fantastic Novels

作者：上栖綴人　插畫：大熊猫介

2015年1月日本TV動畫強力放送！
刃更揭開眾佳麗神祕面紗的短篇集登場

上游泳課前，刃更、澪和柚希都添購了新泳衣。三人回家後馬上試穿，但在萬理亞巧妙的誘導下，澪和柚希之間燃起了競爭的火花！此外，還有代替刃更幫澪╳╳的萬理亞、希望待遇和柚希等人相同的胡桃、勾引刃更進溫柔鄉的長谷川……火辣場面滿載！

各 **NT$200~220/HK$55~68**

台灣角川

Kadokawa Light Novels

打工吧！魔王大人 1~11、0 待續

Kadokawa Fantastic Novels

作者：和ヶ原聡司　插畫：029

弱小又毫無勢力的少年惡魔撒旦如何崛起？
描述撒旦早期在異世界統一魔界的歷程！

當撒旦還是個弱小部族出身、毫無勢力的少年惡魔，是怎麼與路西菲爾邂逅？與艾謝爾竟還有過激戰？本書收錄了魔王們起步的故事。還有勇者艾米莉亞旅程的短篇及魔王們剛抵達日本時，在過年前後發生的故事。為您送上平民成分減少的特別篇！

台灣角川

各 **NT$200~240/HK$55~75**

©NOBUORI NAGATA 2014

Kadokawa Light Novels

槍械魔法異戰 1 待續

Kadokawa Fantastic Novels

作者：長田信織　插畫：ネコメガネ

魔法與火砲交錯異世界神話揭幕！
從天而降的黑鎧超戰士伴隨的是福還是禍？

亡國女王伊莉絲遭遇魔獸襲擊之際，穿著黑鎧的異世界士兵廉突然從空中現身。他在原本的世界是為了與魔獸戰鬥而生的特殊戰士。魔獸使廉感受到兩個世界的關聯性，因此他一邊協助伊莉絲，一邊開始探索異世界——

NT$240/HK$75

台灣角川

國家圖書館出版品預行編目資料

奇諾の旅 : the beautiful world / 時雨沢惠一
作 ; 莊湘萍譯. -- 初版. -- 臺北市 : 臺灣角川,
2015.06-
　冊 ;　公分
譯自 : キノの旅 : the Beautiful World

ISBN 978-986-366-537-3(第18冊 : 平裝)

861.57　　　　　　　　　　　　　104007389

Kadokawa
Fantastic
Novels

奇諾の旅 XVIII
－the Beautiful World－

（原著名：キノの旅XVIII－the Beautiful World－）

2015年6月26日 初版第1刷發行
2024年6月17日 初版第4刷發行

作　　者：時雨沢惠一
插　　畫：黑星紅白
日版設計：鎌部善彥
譯　　者：莊湘萍

發 行 人：台灣角川股份有限公司
總　　監：呂慧君
總 編 輯：蔡佩芬
主　　編：林秀儒
編　　輯：黎夢萍
設計指導：陳晞叡
美術設計：宋芳茹
印　　務：李明修（主任）、張加恩（主任）、張凱棋、潘尚琪

發 行 所：台灣角川股份有限公司
地　　址：104台北市中山區松江路223號3樓
電　　話：（02）2515-3000
傳　　真：（02）2515-0033
網　　址：www.kadokawa.com.tw
劃撥帳戶：台灣角川股份有限公司
劃撥帳號：19487412
法律顧問：有澤法律事務所
製　　版：巨茂科技印刷有限公司
ＩＳＢＮ：978-986-366-537-3
